TAKE
SHOBO

美貌の俳優は人生を賭けて愛したい

セクシーな彼の誠実すぎる求愛

うみのくらげ

ILLUSTRATION
すみ

蜜夢
MITSU
YUME

CONTENTS

MITSU YUME

イラスト／すみ

美貌の俳優は人生を賭けて愛したい

美貌の俳優は人生を賭けて愛したい

セクシーな彼の誠実すぎる求愛

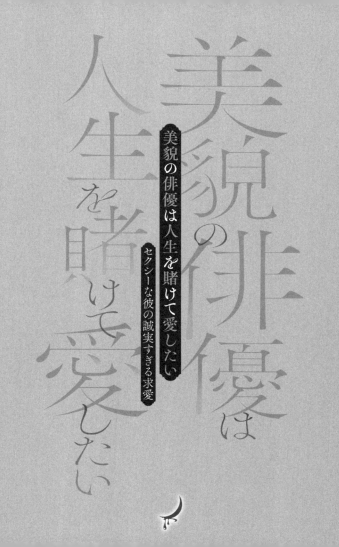

第一章　北川メイのお仕事

赤いレンタカーを西へと走らせる早朝五時。

片道一車線の山道は右も左も新緑で埋まっていた。傾斜のきつい道路を頂上まで上れば、キラキラと光るオレンジの海へ向かって下って行く。アップテンポのＢＧＭと車窓の流れていく速度がシンクロして胸が高鳴り、思わず声が出た。

「んんー！　気持ちいい！」

音量はちょっと大きかったが、通り沿いは緑の木々ばかりで民家はない。対向車線も空っぽだ。車の窓が半分開いているけれどなんの問題もない。朝日のにじむ海は空と境界線が曖昧に光り、目を眇《すが》めるほど眩《まぶ》しかった。早起きの辛さなんてきれいさっぱり忘れるほどだ。仕事でなければこんな時間に鎌倉まで来たりしない。お仕事ついでに絶景まで見られて役得すぎる。

雲ひとつない五月晴れに恵まれた気持ちのいい朝だったが、あの人はベッドからこの美しい空を見ているかと思うとちょっぴり不憫になってしまう。

――メイちゃん、仕事の代役を頼めない？　俺、インフルエンザになっちゃって。

あの人――岩ちゃんこと岩田《いわた》リュウ――は仲のよい同業者、すなわち和服スタイリストだ。和服を専門に扱うという特殊性と出番の少なさから、スタイリストという職業の中でも希少種だ。汗ばみ始めるこんな時期にインフルエンザが流行っているなんて全く知らなかったけれど、電話越しの岩ちゃんの声は明らかに病人のそれで。

――俺の代わりに撮影に行って着付けしてきて欲しい。ギャラと別にお礼もさせてもらうから、頼む！

電話越しに、岩ちゃんが手を合わせてこちらを拝む姿が簡単に想像できた。

私も岩ちゃんもお互いにフリーランス同士でアシスタントはいない。だから、こういう助け合いは稀《まれ》にある。身内の不幸とか、急な体調不良とかやむを得ない事情で現場へ赴く代役を務めあうのだ。

同業者というだけでなく気のおけない友人の岩ちゃんと、持ちつ持たれつの関係は悪くない。けれど、岩ちゃんはそこそこ売れっ子なのだからそろそろアシスタントを雇ってもいいのにと思っている。岩ちゃんいわく身軽じゃなくなるのが嫌だとそれを拒んでいるのだが。

私もそれくらいお仕事あったらなあ。

岩ちゃんから代打の依頼があったのはおとといの夜。まだスタイリスト一本で食べていけない私はバイト先に掛け合ってスケジュールの都合をつけた。理解のあるバイト先の店長は「いいよ、本業のほう、頑張って」と快くシフトを変更してくれた。バイトももちろん大切だが、やはりいつかは全収入をスタイリストで稼ぎたい。その優先順位をギリギリまで許してくれる優しい店長には足を向けて寝られない。

そんなわけで、私、北川《きたがわ》メイは早朝に鎌倉で車を走らせている。目的地はもちろん今日の現場だ。

岩ちゃんがメールで寄越した資料に目を通したら、ロケ地は鎌倉の古民家、案件は俳優のカレンダー撮影だった。

古民家で、和服、カレンダー？　と不思議な組み合わせに首を捻ったが、もっと不思議だったのは若手の俳優だったことだ。若い俳優のカレンダーといえば、人気のロケーションは海。公園。そしてベッドルーム。朝日に輝く海を眺めながら首をかしげる。ここには撮影におあつらえ向けの美しいビーチやホテルが山ほどあるのに。

——えらくニッチな趣味だけど、そのカレンダーは売れるのかな？

仕事の案件に少々失礼なことを思いつつも、自分では取ってこられない類いの仕事に胸が高鳴る。

岩ちゃんからのメールによれば、すでに着物や帯のスタイリングは完了している。衣装はレンタル会社から借りて後部座席につんであって、今日は着せるだけだ。

だけ、とはいっても見せ方は監督と俳優さんと相談しなくてはいけない。

知らない現場で力を発揮できるか不安もあるけれど、古民家なんてシチュエーションは滅多にないし、初めてお会いするスタッフさんとの仕事は刺激的だ。

どんな出会いがあるんだろう！　インフルエンザの岩ちゃんには悪いけど楽しみだなあ！

下り道の突き当たりで、きらきら光る海を見ながら右手に曲がる。半分開けた窓から潮の香りが流れ込んでくる。海無し県の出身だからか、こんなことでも浮き足立ってしまう。なんだかもう鼻唄でも歌いたい気分だ。一旦は海沿いを走り、あとは五キロ進んだら山の方へ左折だとナビが言う。心地のよい眺めとごちゃまぜの高揚感が胸のドキドキを高めていった。

◆

海沿いを離れ、細い山道を上りきると小さな集落へ入った。

せっかく海の方向へ向いた高台なのに、集落を囲うようにうっそうと繁る木々。これでは海は見えないだろう。けれどその森が潮風を和らげるからか、電柱やカーブミラーは錆《さび》が少なく歴史だけを静かに刻んでいるようだった。

一時停止の標識でブレーキを踏んでぐるりと見回す。こぢんまりとした家の集まりは、古めかしくも凛《りん》とした佇《たたず》まいが美しかった。一棟一棟の形は違えど、木目が浮き出し乾燥した質感、少しだけ色褪《あ》せた瓦屋根が歴史を感じさせる。煤《すす》けた木の窓から昔の文豪が空を眺めていそうな、ちょっとだけ浮世離れした古民家が十棟ほど集まっていた。

岩ちゃんから送られてきた画像と地図アプリを頼りに細い路地を進むと、レンガの塀で囲まれた小さな玄関口にたどり着いた。赤茶のレンガに映える黒い木戸。その奥にはここらでは大きめの二階建ての一軒家が覗《のぞ》いていた。黒く塗られた壁と庭の大きな常緑樹が目印だと聞いていたから、たぶん間違いない。塀からはみ出した長い枝がそよそよと揺れている。

——すごい豪邸……。築何十年だろう。

表に駐車場はない。徐行の速度でそろそろと裏手に回ると、小さな空き地に一台分だけスペースが空いていた。その隣には白いワゴンが停められ、運転席には撮影機材であろう三脚や銀のアタッシュケース、コードが積んであった。

スマートウォッチで確認すると集合時間まで余裕はあるが、カメラマンや照明のスタッフはすでに建物の中にいるということだろう。慌ててトランクからスーツケース取り出しカラカラと引っ張って玄関まで回ると、黒い木戸の裏側に人影があった。

背の高い庭木を見上げる和装の男性。腕を組んで物憂げにたたずむのはとんでもない美貌の持ち主だった。——吉良《きら》ハヤトさん。今日の主役だと一目で分かった。

背が高く、すらりとした体格。男性らしくもしなやかで色っぽい彼は、売り出し中の俳優らしい。

長いまつげのすぐ近くで揺れる長めの前髪が彼のトレードマークだ。そよ風でなびいたさらさらな髪がミステリアスな影を作り、揺らめく光が瞳を彩っている。すっと通った鼻筋と美しい顎のラインはまさしく美形と言うにふさわしく、血色のよい薄めの唇が、端正な顔立ちにアンバランスな色気をまとわせていた。

とにかく一般人とは比べ物にならない美貌だから見間違えようがない。

昨晩、岩ちゃんから参考までにと勧められた吉良さんの出演作品を二つほど予習してきたが、どちらも女性を惑わす危険な雰囲気の男の役だった。肌の露出があるわけでもないにセクシーなオーラが滲《にじ》み出ていて、非常によかった。

そして実物も、さすが俳優と言いたくなる美しい姿で目が奪われたが、それ以上に気になったのは身に付けている着物だ。

——あれは……岡山のＫＯＫＯＮさんのデニム着物！

間近で検分せずとも分かる独特の濃紺の生地は、ジーンズを作るためのデニムだ。

綿素材の着物など今も昔も珍しくないが、吉良さんの身に付けている長着はちょっと特別だ。岡山特産のデニムを使って仕立てたその着物はしっかりと藍色に染められ、普段着とは思えないほどシックな風合いなのだ。

綿素材は着物の格では普段着だが、街着やちょっとしたおしゃれ着のような風格がある。本当ならば和服は縫い目が表にでないが、ＫＯＫＯＮというブランドではジーンズと同じ黄色の糸でステッチが掛けられていて小粋な雰囲気だ。

それだけでなく、丈夫な綿素材で洗濯にも耐え、使うごとに洗うごとに染料が徐々に抜け自分だけの一着になるというマニア心をくすぐられる着物でもある。吉良さんの着物もすそや袖口の色が少しだけ抜けて年季がうかがえる。かくいう私も同じものを持っていて、自分色に育てている最中だ。

――これは、相当な着物好きなのでは？

着物だけでなく、帯のチョイスもよかった。白と黒の格子に似た博多帯を選んだ趣味もいいが、締めている位置が腰骨にピタリと沿い、バランスがよく、長身の彼によく似合っている。足袋は渋い黒、草履《ぞうり》の鼻緒は半衿と同じ細かな白と黒のストライプ。吉良さんは明らかに着こなしを考えている。首回りと帯の馴染《なじ》み具合を見るに家から着てきたのだろう。そもそも着付けが出来なければ朝から和装なんて無理なのだ。もしかすると、カレンダー撮影に和服を選んだのは吉良さん本人かもしれない。

――すごくおしゃれさん！　他の着こなしも見てみたい！

常人離れした美貌に近寄りがたさを感じたが、和服の愛好家と知ればあっという間に親近感が湧く。撮影の合間に着物の話をすることはできるだろうか。いや、その前に挨拶だ。

左手で引いていたスーツケースを立ててその場に置き、木戸の手前まで行くと、奥にカメラを構えた男性が吉良さん撮影していた。

――もう始まってる？　私ってば遅刻？

シャッター音が鳴りやむのをそわそわと待って、二人に声を掛けて頭を下げた。

「――はじめまして。北川です。スタイリストの岩田の代理で来ました」

ゆるりとした動きで私を見据えた吉良さんは組んでいた腕をスッと下ろし、目を細め

た。磁器のような透き通った肌に長いまつげが影を作り、気だるそうな雰囲気がとても色っぽい。

さすが『色気の源泉かけながし』。そのおかしな文言は、吉良ハヤトさんのキャッチコピーらしい。ファンのブログだけでなく所属事務所のホームページにまでそう記してあった。

「ああ、聞いてます。ええと……」

「北川メイです。今日はよろしくお願いいたします。あの、撮影はもう始まって？」

恐る恐る二人を交互に伺うと少し年配のカメラマンがふっと吹きだした。

「そんな、この世の終わりのような顔をしなくても。本撮りはまだですよ。今はね、コラム用のスナップ写真を撮っていたの。代理でやって来て遅刻だなんて目も当てられない。

ああ、よかった。代理でやって来て遅刻だなんて目も当てられない。

あからさまにほっとしたのを見て笑ったカメラマンが「吉良くん、物撮りしてくるよ」とお屋敷の中へ入っていった。

残された吉良さんを正面から見ると、遠目に見るより背が高い。百八十センチはありそうだ。これだけ背丈があれば着物は彼に合わせて仕立てたものだろう。

お召しになってる着物は——と喉まで来たが、吉良さんのとろりとした視線が私を縦になぞった。ゆっくりと、頭から足先まで分かりやすく私を品定めして、そして興味なさげに、どうも、と頷《うなず》いた。

「……初めまして、吉良ハヤトです。岩田さん、インフルエンザだなんて災難ですね。急に都合をつけて頂いてありがとうございました」

「いえ、こちらこそ」

吉良さんはゆるりと頭を下げたが、これはビジネスマナーとして有りかどうかというポーズめいたものだった。けれど、そんなそっけない仕草も色っぽいのだから俳優さんのもつ魅力のポテンシャルに感心してしまう。

「ところで、今日の撮影順ですが、日差しの関係で外を先にしようということになって一番はこの木の下で……、次は」

吉良さんは大きな木を見上げ、次は、と庭を指差し、こちらを見ずにたんたんと業務連絡を進める。

——何か気を悪くさせたかな、それとも気難しいタイプの俳優さんなのかな。

そんなことを頭の片隅で思いながら、スマートフォンのメモ機能にスケジュールの変更点を書き連ねていく。天候、光の強さや角度、ヘアメイクの都合でスケジュールが変わり、岩ちゃんからもらった進行表は参考にならないようだ。私も早めに準備にとりかからないといけない。残念だが、私語をしている場合ではなさそうだ。

「——以上ですが、大丈夫ですか。把握できました？」

「はい、お任せください。奥で準備して来ます」

私がうなずいたのを見届けて、吉良さんが踵《きびす》を返し玄関をくぐる。翻った裾の長さも、足さばきも完璧だった。

――吉良さんはやっぱり相当な着物好きだ。

着物を着なくても生きていける時代に、同じ楽しみを持つ同士を見つけるとこの上なく嬉《うれ》しい。ふふ、とこぼれそうになる笑みを堪《こら》え、衣装のつまったスーツケースを持ち上げて、吉良さんの後を追った。

◆

「衣装部屋は右手の突き当たりです。物撮りの様子を見てから後で行きます」

吉良さんは振り返って小さく会釈した。視線で促されて、昔の家特有の広い玄関から飴《あめ》色《いろ》の板敷きを進む。畳の六畳間を横切り、さらに向こうの床の間のあるお座敷が衣装部屋に割り当てられていた。

襖《ふすま》で区切られた二間は開け放たれて、かなり広く明るい。ここで親戚一同が集って賑《にぎ》やかに食事をしていた光景が垣間見えるようだった。

重いスーツケースを持ち上げて床や畳が傷つかないように歩くのに骨が折れたが、広い面を下にしてそっと置き、ようやく見渡した。

障子の向こうはよく磨かれた広縁、立派なお庭へと続く。塀の外から見た大きな木は一本だったが、レンガ塀に沿って庭木が何本も植えられ、いくつかは花をつけていた。

本当に素敵なお宅だ。もし時間が許すなら、柱の一本から植えられた樹木の種類、白い漆喰《しっくい》の質感までじっくりと味わいたい。縁側に腰かけて、夕日を浴びながら誰かとくつろいでお酒を嗜《たしな》んだっていい。

……本当に宿泊許可を取ることは出来ないかな。

庭では照明の機材とレフ板を持ったスタッフ二人が池の縁石を指差しながら何かを相談をしているようだった。せっかく庭全体が見られる大きな窓だが、室内が見えないように障子を閉めた。そして、座敷の奥にあったしょうぶの花が描かれた大きな屏風《びょうぶ》で、吉良さんの着替えるスペース作った。

畳は張り替えられたばかりなのか青々として、い草の香りがほのかに鼻をくすぐる。そのピカピカの畳へ衣装を撮影順に並べて小物もそれぞれにまとめた。

撮影一番手は薄いグレーの濃淡が美しい長着だ。お召しというシボ感のある正絹《しょうけん》のおしゃれ着に、帯はいぶし銀のような渋い色味で、さすが岩ちゃんと言いたくなるような男らしく上品なワントーンコーデだ。岩ちゃんはパーソナルコーディネーターとしても活躍していて男性顧客が圧倒的に多い。渋くて格好いい着こなしがとても得意なのだ。羽織、袴《はかま》、浴衣、シャツを合わせた現代風とコーディネートを次々に並べていくと、どれもが硬派な印象だった。

吉良さんの色気を最大限に封じて、着こなしで微調整をする感じかな。どれもテイストが違う。さすが岩ちゃん。きっとどれもが吉良さんに似合うんだろうな。

畳に並べたコーディネートを順に眺め、友人のセンスに嫉妬しつつも感嘆していると、吉良さんが大きな風呂敷包みを持って現れた。その包みは大雑把にまとめられた着物に風呂敷を巻いて、ひとまず引き上げて来たという感じだった。

「おまたせしましたか、すみません」

「いえ、ちょうど準備が整いました。それ、お着物ですか？」

「あ、私物で、撮影を」

「よろしければ、後で私が畳んでもいいですか？」

「……はあ」

吉良さんが可もなく不可もなくといった曖昧な表情で頷くものだから、可笑しくなってしまう。

「ふふ、着ていらっしゃるお着物が素敵なので、私物も見てみたいなって下心はありますけど、無理強いはしません。他人が触れてはいけない大切なお着物もあるでしょうから」

「……いえ、じゃあ、お手数お掛けします」

吉良さんからその大きな包みを預かって、人が通らなそうな座敷の奥へそっと置く。

「最初の衣装はこちらです。みだれ籠は使いますか？」

着物を脱いでまとめておくための籠として、折り畳み式のシリコンバスケットを持ち歩いていた。

「いえ、帰りは洋服なので、着ているこれはもう片付けます」

吉良さんは屏風の手前で帯を解き、デニム着物をさらりと脱いだ。畳に膝を着いて当たり前にように畳む。手順は教科書通り、折り目も正しく美しい。やっぱり着慣れている。着物の下に身に付けていたのが長襦袢《じゅばん》でなく、半衿のついた肌襦袢とステテコだったのだ。通常の肌襦袢とは違い、袖は着物の丈で、しかも、色はえんじだ。いわゆる、うそつき、と呼ばれる襦袢風の下着なのだが、身ごろに色がついているものを初めて見た。

珍しい……！　あんな色の肌着は見たことない。もしかして誂《あつら》えたのかな？　もしそうなら、すごい情熱だ。

「長襦袢は、お召しになっていないんですね」

撮影のために用意した白の肌着と足袋、紺の長襦袢を手渡し屏風の奥へ誘導すると、その向こうから小さく答えが返ってくる。

「デニムは見映えがするけど、暑いから襦袢は省略しました。スナップ撮影で一瞬だったし、気分を上げるために着たようなものだから」

あまり抑揚のない声なのに、着物を身に付けると気分が上がるなんて、着物を着ることが特別に好きだと言っているようなものだ。私は仲間を見つけた気分になって嬉しくなってしまう。

「そうですね、夏用の絽の襦袢にしたとしても、上に着るデニムが風を通しにくいから結局は暑いですもんね。そのえんじ色の下着は特注ですか？　男性用うそつきで、しかもカラーなんて、恥ずかしながら初めて見ました」

興味津々で聞いたのが気に触ったのか、吉良さんから返事が返ってこない。

「……図々しく質問してしまってすみません。撮影前に気が散りますよね」

「……いえ。うそつきは着る手順や枚数が省けて便利だと思うんですけど、身ごろがごとく白で違和感があるなって。だから和裁ができる知り合いに作ってもらったんです」

知り合いに誂えて貰《もら》ったなんてすごい。もしプロの方なら私もお願いしてみたい、なんて口から飛びだしそうになるのを必死にこらえて、やかましくならないように声を落とした。

「へえ、すごい。吉良さんは本当に着物が好きで、しかも着なれている方なんですね」

「……ええ、まあ」

もう間違いない。吉良さんは相当に和装が好きなのだ。もっと話がしたい。けれど、もう口は噤《つぐ》んで着付けに集中しなくては。どんなお仕事でも全力で挑むことにかわりないけれど、着物を愛している人の前では背筋が伸びる感覚が段違いだ。

それに、吉良さん声がほんの少しだけ柔らかくなった気がして、お話しできてよかったなと思いながら腕のシャツを捲《まく》った。

襦袢を完璧に身につけた吉良さんは、玄関で撮影していた時のような、色気を湛《たた》えたクールな表情だった。きっともう集中力を高める段階なのだろう。私だって、腕がなる。

「北川さん、今日の着付けですが、あからさまに色気を出すつもりはないので。魅せるところは魅せて、そうでないところは硬派な感じにしてください。シチュエーションに応じて微調整をお願いできますか」

まずはコーディネートの方針を読み間違えていなかったようだと内心でガッツポーズをした。

「かしこまりました。もちろんです」

滑らかな正絹の着物を広げて吉良さんの後ろへ回り、その長い腕に袖を通した。

◆

玄関前の大きな木はナツツバキらしい。――というのは、花が付いていないから庭木に疎い私にはわからなかったのだ。ナツツバキはその名の通り五月終わりから初夏が開花時期なのに、枝には白い蕾《つぼみ》がポツポツとしか付いていない。玄関前だけでなく撮影場所の第二候補の庭の木も同様だった。

監督とカメラマンの話では、早めに開いた花が三日前の雨で散ってしまったらしい。そして、地面に散った花も管理人さんが気を利かせて片付けてくれたとか。

線状降水帯が通ったと聞いて、そういえば自分も大雨に降られたことを思い出した。

たっぷりとした五枚の白い花弁が豪奢《ごうしゃ》な大輪の花。それを背景に、モノトーンの薄墨色の着流しがコーディネートされていたというわけだ。誰のアイデアわからないが痺《しび》れるほどに格好いい。けれど、肝心の花が無い。無い花を咲かせるなんてできるわけもなく、花の無いナツツバキの下で代替案を相談していた。

「花が無いなら無いで、蕾は付いているんだし、吉良くんが主役なんだから。見せ方で解決しようよ」

「監督、そんな大雑把な」

「もうあきらめて室内のショットを増やそうか」

「いや、外の絵が少ないから、できれば」

「五月分だけ後撮りでも」

「でも、スケジュールが。今日で終わらせないと」

頭を悩ませる皆から二歩下がって、ナツツバキの枝振りを眺めた。黒い幹からは上向きの枝が繁り、フォルム自体は見映えがしなくもない。それから吉良さんの着物、その後ろの背景と、順に目を移す。……やはり画面に白が足りないなと、私でもわかる。

生い茂り、日射しをはじく眩しい緑の葉、垣間見える枝は黒、長着の淡いグレー……白を欠いてはバランスが難しい。枝に造花をつけるなんて子供だましでは通用しないし、白い花を買ってきて持たせる……のは悪くないが、今の時期にどんな花があるだろう。白、白、白……。グレーならばあるのに。そんなことを思ったら、ふと、衣装部屋の屏風に描かれたしょうぶの花が脳裏に描き出された。

「モノクロで撮るのはどうでしょうね？」

思い付いたことがポロリと口から出た。水墨画は白と黒で作られた世界。花も鳥も生き生きと美しく描写されて、色鮮やかな絵画にも見劣りしない。それならば写真だって。

　撮影場所を他の木へ移そうかと話していた監督とカメラマンと照明さんとその場にいた五人のスタッフ全員から視線を集めてしまい、「画面作りは素人ですけど」と小さく言い訳をつけたした。

「白黒の画面にしたら、葉の緑色は黒に変わって、光の加減を調節すれば、着物の染の薄い部分が薄まって白色が現れそうな気がします。そうなると、蕾と着物でバランスが取れそうな気がしました。今は黒い半衿を白に変えてちょっと詰め気味にするとキリッとした印象に変えられますし、着物がメインになるように寄り気味にするのなら、なおいいかも。ただ、五月って感じではないかもしれないですが……」

　着物に関するところだけ早口になってしまうが、なんとなくイメージしたことを説明する。

　一瞬だけ、しん、と静まり、お互いが目を合わせて各々頷く。

「どうします？　私はいいと思いますけど」

「ダメもとでやってみるか。うまくいかなけりゃまた考えよう」

「じゃあ、露出計持ってきて。光強めなら雰囲気出せるかも」

　バタバタと動き出す皆の中で、吉良さんは着物の袖をじいと見つめて花の咲いていない木を見上げた。

「北川さん、岩田さんのアシスタントじゃないんですね」

「え」

「岩田さんと考え方が違うなって。岩田さんは、背景を変えるんならコーディネートごとやり直したいって言いそうだから」

「あ、はい。まだ駆け出しですけど、一人でやってます」

確かに。完璧主義の岩ちゃんならそんな風に言いだしそうだ。吉良さんの言い様が岩ちゃんに似ていて、ふと吹き出す。そして、はたと気づいた。吉良さんが岩ちゃんと私を比較して指摘したのは、コーディネートを変えて、さらに絵の構成にまで口出ししたことを暗に批判しているのだろうか。

「北川さん、また何か気づいたら積極的に発言するといいですよ。あの監督、そういう人が好きだから」

「あ、ありがとうございます」

吉良さんが流し目でそう言って、踵を返した。思いの外に穏やかな言葉をかけられて驚いていると、吉良さんは新品の固い草履をものともせず、すたすたと脇道を通り、庭を横切って行く。長い足の歩幅を私が追い付けるわけもなく、十歩後ろをなんとか追いかける。先にお屋敷の広縁にたどり着いた吉良さんは腰かけて、じいっとこちらを見ている。

吉良さんと初めて同じ高さで目があった。

「半衿、白に替えてください。一度脱ぎますか？」

「……あっ、いいえ、安全ピンでいけると思います」

長い前髪から覗く瞳の色っぽさに気圧されて固まっていた私を、吉良さんがやんわりと急かした。慌てて広縁に上がり「襟元、失礼しますね」とサコッシュから取り出した白いスカーフを黒い半衿上に、中心から順に安全ピンで止めていく。

「――今、半衿をどこから出しました？　それスカーフ？」

「あ、はい。半衿の代わりに細いスカーフを三色くらい持ち歩いてるんです。半衿はファンデーションで汚れたりするので……。着付けの師匠からは、準備は入念にしてし過ぎることはないって、そう育ててもらったんです。女性のときは帯締めとか帯留めも入ってますよ」

「へえ」

後ろは三ヵ所、胸元は左右二ヵ所ずつできれいに仮止めできるだろう。

縁側を下り、吉良さんの正面から襟をめくってピンで止めていくと、おでこの辺りに吉良さんの息がかかって、ふとドキリとしてしまう。美しい吉良さんの顔にこれ以上近づき過ぎないように少し下を向いて、思い出話なんかをしながら指を動かす。

「市民講座で浴衣の着付けを習ったのがきっかけで、次は着物が着たいとか、複雑な帯結びがしたいとか、友だちと着物で出掛けるために他人の着付けもできたら、とか。本当に些細《ささい》な、小さい欲を師匠に上手に育ててもらって。そうしたら、いつの間にか仕事になってたんです。――そういうめぐり合わせってありませんか」

ようやく最後のピンを止め終えて着物の半衿の幅を調整してから、三歩下がった。縁側に腰かける吉良さんの着付けを、爪先から襟元までじっくり確認する。うん、いいと思う。首から上はヘアメイクさんのお仕事だから、乱れていないか確認してもらうのがいいかもしれない。

「メイクさんを」

——メイクさんを呼んでいいですか。

そう聞こうと吉良さんの顔をうかがうと、さっきよりも近い、歩幅三歩の距離でばちりと目が合った。

「……ありますね」

「え」

「……そういうめぐり合わせ、俺もあると思いますよ」

吉良さんが笑ったような、そうでないような。そうでなくても、朝に初めて挨拶をした時よりも優しい声だったような気がして、何度もまばたきをしてしまった。

◆

「オールアップです。お疲れさまでした！」

撮影の最後は、八月ページの浴衣姿だった。

広縁に座って湯上がりに涼んでいる姿を演出するために霧吹きが使われて、胸元をはだけさせた吉良さんはびしょ濡《ぬ》れだった。髪から雫《しずく》を落とす吉良さんが、よく通る声で撮影を締めくくった。

「皆さんありがとうございました！」

メイクさんもカメラマンも照明さんも、吉良さんも、監督もにこやかな顔で拍手をする。そして口々に、終わった終わった、良かったね、またよろしくと声を掛け合い、持ち場へ戻っていく。そうして各自で片付けをしたら、もう解散だ。

――終わっちゃった。楽しかった。ものすごく。

フワッと肩の力が抜ける。よかった、無事に終わった。岩ちゃんの代わりをきちんと勤められたんじゃないかと、自画自賛のため息をついた。

スタッフが集まり撮影を見届けていたお座敷は、さっきまで熱気でむしむしていたのに、あっという間にぬるい湿気が残るだけになった。あの暑さはそれぞれの熱意が同じところへ集まったものなのだと、がらんとしていく撮影現場を見ていてそう思った。

照明が、ひとつ、ふたつと消されて、窓から夕闇が迫ってきていた。お祭りはもう終わり。母に手を引かれて振り返りながら帰った、幼い日の気持ちを思いだす。

「北川さん、楽しかったよ。また機会があったら。ぜひ」

カメラマンが私の肩をぽんと叩《たた》いて、またね、と手を振った。監督も「岩田によろしく」と手を上げ、談笑しながら去って行った。ありがとうございました、と頭を下げると、足元の畳が眼に映る。い草の艶やかさを遮るように伸びる、私の黒い影。そのコントラストに目を奪われ、顔を上げると、お座敷には照明器具と私だけだった。取り残されたような静けさに身を置いている。

——ヘルプでやって来た私に、またね、があるのだろうか。

唐突に頭のなかで響く私の声。岩ちゃんの取ってきた仕事で、用意されたコーディネートで、選ばれた一流のスタッフに、恵まれた撮影環境。楽しいのは当たり前だ。だけど、どれひとつ私が手に入れたものじゃない。

今日の出来事を反芻《はんすう》しながら衣装部屋に戻り、みだれ籠の中の着物や小物を畳んでいった。もし岩ちゃんがここにいたなら私はアシスタントで、こうやって下準備や後片付けをしていたのだろうか。いや、岩ちゃんが元気だったら、そもそも私はここに居ない。私自身の力で「またね」があるとしたら、それは何年後だろう。

楽しかった一日は、ひとときの夢。岩ちゃんにお礼を言うべきは私かもしれない。

撮影合間に細々したものは片付けていたから帰り支度はほぼすんでいる。残りは吉良さんが最後の撮影で身に付けた浴衣だけだ。湯上がりに見せるために水をスプレーされた浴衣は、きっと想像より水を含んでいるだろう。

ビニール袋を用意して、借りた箒《ほうき》で掃き掃除をしていると、吉良さんがバスタオルで体をふきながら衣装部屋へ戻ってきた。チラリとこちらをみてから、ふと視線をそらして屏風の奥へ消えた。

「北川さん、濡れた浴衣どうします？」

「……あ、はーい、ビニール袋が足元にありませんか？」

「畳まなくていいですか？」

「明日クリーニングに出すので、袋に入れていただければいいですよ」

箒を用具入れへ片付けて、座敷に戻ると、濡れた髪の吉良さんが立っていた。着たてのパリッとした白いTシャツに、髪から雫が落ちている。

「北川さん、連絡先、教えてくれませんか」

吉良さんが私に何の用だろう。——ヘルプの、私に。

じいっと吉良さんを見つめても、整った美しい顔からはどんな感情も読み取れなかった。

後で何かクレームを入れるため？　それともナンパ？　まさかこのそっけない態度、無表情でこんなに美しい人が？

いや、まさか、そんなこと。……ああ、事務所に報告するためかな。それともカレンダーのクレジットに私の名を載せてくれるのだろうか。いや、それこそまさか。私はただ着せただけ。

いつもならば、ただ着せただけ、なんて思ったりはしない。こんなにネガティブになることなんて滅多にないのに、今日は楽しくて楽しくて、夢と現実との落差に下を向くしかなかった。

「あ、はい……」

胸に掛けたサコッシュから青い名刺を取り出す。名前と、住所と、固定電話しかない、余白の多い名刺だ。本当ならここに携帯電話番号とSNSのIDをボールペンで書き添えるが、きっと、吉良さんからお仕事の話は来ないから、書く必要はないだろう。

「今日はありがとうございました」

不完全な名刺を両手で渡し、心の中で、さようなら美しい人、と唱えて深々と頭を下げた。数秒おいて顔を上げると、吉良さんは私の名刺をじいっと見つめていた。切れ長の目、長いまつげ、前髪から滴る水まで格好いい。このまま写真を撮ったっていい出来だろう。けれど、やっぱりあの着物姿は特別だったなあ、なんてデニムの着物をまとった吉良さんをぼうっと思い出して、自分の能天気さに笑いがこぼれた。

――眼福、眼福。着物好きのイケメンの艶姿をめいっぱい見れたことだし。自分を卑下してたら私を待ってるお客様に失礼だもん。元気出していこ！

「また機会がありましたらよろしくお願いします」

気持ちを切り替えて、笑顔でハキハキそう言うと、吉良さんは目を開いて、ゆっくり柔らかく微笑んだ。

オレンジ色の西日を浴びて、その眼差しにやっと温度を感じる。色っぽさも、クールな感じも和らいだその視線に、本当に初めて目があった気がした。

「……北川さんの着付け、過ごしやすかったです。ありがとうございました」

朝からずうっと表情の読みにくかった吉良さんの声に、確かな温かみを感じる。冷え掛けた胸のなかに灯った小さなぬくもり。この感じ、なんだっけ。

――メイちゃん、本当にお着物が好きね。あなた向いてるから、お仕事にするといいわよ。

どこからか、私をこの世界へ入れてくれたお師匠さんの声が聞こえた気がした。

第二章　北川メイの日常

店の裏口の扉を開くと、まだシュンくんがいた。

半分だけ照明の落ちた薄暗い店内の奥、レジに背を向けてパソコンで作業中のようだ。

小さな和装レンタルショップ『レンタル和装・花山《はなやま》』はとうに閉店している時間だ。けれど、店長の仕事は閉店と同時にハイおしまい、とはいかないのだろう。

「ただいまー」

「あっ、メイさん。おかえり」

私の声に気づいて振り返ったシュン君は、大股でこちらまでやって来て、衣装の入ったスーツケースを私の手から取った。

「シュンくん、もしかして待っててくれたの？」

「まあね。悉皆屋《しっかいや》さんが明日来るから。今日の分で汚れたり破れたものはないか確認しとこうかなって」

「あっあるよ、汚れたの。何枚かな。確認するね」

私の本業は和服スタイリストだけれど、それだけでは生活がままならない。掛け持ちの仕事として、少なくとも週に二度ほどは『レンタル和装・花山』で働いている。本業のときは店から着物をレンタルさせてもらうことも良くあり、スタッフとしても顧客としてもよくしてもらっている。

今日の撮影で使った着物と帯も数点は『レンタル和装・花山』から岩ちゃんが借りていたものだ。

店の壁際に掛けてあったスーツケース用の補助台を持ってくるとシュンくんがそこにトランクを広げてくれた。早速、荷ほどきを始める。レンタル着物の返却作業なら通常業務と変わらない。むしろシュンくんよりも早くできるんじゃないかな、なんて思うほどには勤務歴は長い。

「シュンくん、閉店作業を終わってる？　レジ締めはできてるの？　残業はそれくらいにして帰ろう？」

「……閉店作業はとっくに終わってるよ。いつまでもバイトの学生だと思うなよ」

シュンくんは『レンタル和装・花山』オーナーの一人息子だ。服飾の専門学校に通っていた頃、当時は店長だったオーナーに修行だと命じられ、十代でバイトなのに副店長をしていたのだ。

背が高く、黒髪短髪、涼しげでクールな顔立ちが凛々しいと、お客様――特に奥様方――から人気の二十三歳は、店長をオーナーから譲り受けすっかりお店の顔だ。

けれど、シュンくんが詰襟姿の高校生だった頃から知っている古参のバイトとしては、ついついあれこれ言いたくなってしまうのだ。

「ふふ、それなら、これ畳んで」とスーツケースから羽織袴一式を取り出した。

「この羽織り、波の織地がろうそくの光に映えてすごく良かったよ」

シュンくんに手渡した濃紺の着物は遠目にはマットな質感の無地に見えるが、光の加減で波模様の織り柄がきらりと表れる。揺らめくろうそくで映えた様子は、水平線からこぼれる光に染まる夜明けの海のようだった。禁欲的な濃紺にきらめく白い波と、それを照らし出す朝日……吉良さんのなまめかしい姿を思い出すと急に胸がざわめく。

「ずいぶんエロい雰囲気だったんだね……。メイさんも見惚《みと》れちゃった？」

「……まさか！　現場でぽーっとなんてしないよ。それより、監督さんがとにかく色気を全面に出せってどの着物でも襟元を緩めにかかるから参っちゃったよ。ここはキュッと締めて表情で魅せましょうって何度も説得したんだよ。せっかく全ページ和服のカレンダーなんだし全部が胸元ユルユルじゃあ情緒が無さすぎだよ……」

本当は監督に意見をするなんて身の程を知れと言われても仕方ないが、胸元チラリで色っぽいだなんてそんな月並みな見せ方に我慢できなかったのだ。和装の色気はいろんな種類があるはずなのに。

「でも、監督に浴衣だけは譲れないって断固拒否されて、そっちは肩もおへそも丸見えでね。しかも霧吹きで水をかけて湯上がりっぽく見せたり……」

スーツケースから他の衣装も取り出し、リストと照らし合わせながら整理していく。きちんと畳んだ衣装たちを、折り目正しく積むのはたのしい。四畳ほどの小上がりに小物も種類別にまとめられて片付けがしやすいように配置する。きっと私は整理魔なんだと思う。

　ここはレンタル業者だからいろいろな素材の着物を扱うけれど、正絹でもウールでもポリエステルでも、アンティークでも新作でも着物への向き合いかたは変わらない。高価な着物ばかりでなく、着物とそれを取り巻くものを私は慈しんでいるのだ。

「これは返却。こっちのは岩ちゃんの私物でクリーニング出す分と、そっちのは汚れたから悉皆屋さんに出したいんだけど」

「……オッケー。請求はみんな岩田さんに出せばいいんだっけ？　確か今回の撮影はメイさんが代わりに請け負ったんじゃなくてヘルプなんだよね？」

　岩ちゃんも『レンタル和装・花山』のお得意様のひとりで、私と同じようにシュンくんが学生時代から付き合いがある。今回のヘルプは事情をよく知るシュンくんに頼み、店番を代わって貰ったのだ。

「ね、メイさん。聞いてる？」

「うん、そう。みんな岩ちゃん宛でお願いします。今日は本当にありがとう。助かりました」

　シュンくんは「いや、そんなの、いいし」と台帳にさらさらと書き付け、じいっとこちらを見据えた。背の高いシュンくんと目を合わせようとすると少し見上げなくてはならないくらいの距離だ。なあに？　と首をかしげると、シュンくんが小さく息を飲んだのがわかった。

「……メイさんさ、そろそろ、ウチを辞めたりする？」

「え？　辞める？　私が？」

「だって、最近、忙しそうじゃん。そろそろスタイリスト一本でやって行くのかなって。……俺、気が気じゃなくて」

「ああ！　今、スタッフ少ないもんね。ユウちゃんが辞めて一か月？」

よくシフトに入ってくれていたアルバイトの女の子が、そろそろ卒論が厳しいと先月辞めた。従業員はシュンくんを含めてたった五人。お店を回すのに最低限の人員しかいないのだ。

「……大丈夫。独立はちょっと先かな、恥ずかしいけど収入的にもまだ無理なの」

頬にまとわりつく髪を耳にかけ、へへ、とちょっとおどける。独り立ちする支度金も日々の収入もまだまだ足りない。それは事実だと理解していても、通帳を見るたびに自分の腕がまだまだだと突きつけられて、息が吸えなくなることがある。

撮影の帰り際に感じたばかりの苦味を思い出し、奥歯を噛《か》んだ。私は今、うまく笑えているだろうか。

「そういう意味じゃ……」

「いいの、いいの。本当のことだから！　……そうだ、岩ちゃんが今日のお礼がしたいからって」

「だから、そういうことじゃなくて……ねえメイさん」

「さ、終わったなら、帰ろう。私もくたくた」

「ねえ、待ってって！」

踵を返した私の肩を、シュンくんが掴《つか》んだ。

涙が込み上げるまえに振り返ることができたから、大人としては合格だと思う。口の端だけぎゅっと上げてなあに？　と答えると、シュンくんは作業台を指差した。店内でも入り口付近は暗くてよく見えない。何があるかと目を凝らして見ると、平たい白いものがぼんやりと浮かび上がった。

「メイさん、ＪＩＮＹＡの新作来てるよ」

「えっ！」

「メイさんがカタログで見ていいなって言ってた振り袖。他は奥に片付けたけど、ＪＩＮＹＡが大好きなメイさんと一緒に見ようと思って、開けるの待ってたんだ」

ＪＩＮＹＡは若い世代向けのデザイナーズブランドで、私の大のお気に入りだった。今時、和服のデザイナーズブランドなんて珍しくもないけれど、ＪＩＮＹＡの着物は玄人目にもとてもいいと思う。素材は上質で和服としても正しい系譜なのに、今っぽい色彩感覚が若い子には人気で、私くらいの大人には逆に目新しく映る。そのすごいバランス感覚に、私は心を鷲掴《わしづか》みにされていた。

店内の明かりをつけて恐る恐る近づく。

朝から外で働いた手で、まっさらな新品に触れていいかと畳紙《たとうし》のまえで躊躇《ちゅうちょ》していると、後ろからついてきたシュンくんが思わせ振りにゆっくりとひもを引いた。

「年に二回発表されるお気に入りのブランドの新作をその都度扱えるなんて、レンタル業者でなきゃ無理じゃない？」

シュンくんの大きな手が和紙をめくり、中から現れたのはたまご色の美しい生地。夢見るように咲き誇る薄紫の牡丹《ぼたん》の花と、幻想的な朱色《しゅいろ》の紐《ひも》。絵柄は古典に則っているのに、現代風の淡い色彩がまるでおとぎ話の風景だ。

カタログで見たときよりも圧倒的に美しく、胸を揺さぶられる。

「どう？　綺麗《きれい》だよね。色なんて、まさにメイさん好みって感じ」

ＪＩＮＹＡの世界に飲まれ、ああ、と恍惚《こうこつ》のため息が洩《も》れた。

「メイさんが着るなら、帯はどうする？　半衿は？」

「……アラサーの私はもう、こんな可愛い振り袖は着られないよ」

「そう？　渋めの小物でまとめたらいけるんじゃない？　スモーキーな色目で合わせてさ」

「ううん、この着物にはもっとキラキラした雰囲気が絶対にいい。帯は金糸の、ああ、パステルグリーンで鳳凰《ほうおう》柄の帯、裏にあったよね？」

「うん？　どれだっけ？」

ほら、あのちょっと年代物の！　と、シュンくんの方を見上げると、シュンくんはちょっと意地悪な顔で笑っていた。

――元気、出たね？

シュンくんはいたずらっ子がそうするように、にやりと歯を見せた。

「メイさん、好きなだけ居ていいから。……ずっと居てもいいんだよ。着物に囲まれてるの好きなんでしょ」

「……シュンくん……ありがとう」

優しい年下の店長は「試着もすればいいのに」と私をそそのかす。

私はそれに大いに甘え、あろうことかお客さんを差し置いてその優美な振り袖に一番に袖を通させて貰ったのだった。

◆

早めに始まった梅雨ももう半ば。

昨日から空には薄い雲が立ち込め、窓ガラス越しに音が聞こえるほど大粒の雨が降っていた。私はそれを頬杖《ほおづえ》を付きながらのんびり見上げていた。

私は雨の日が好きだ。水墨画のような空の暗さがいい。前世は日陰を棲《す》みかにする生き物だったのかと思うくらいに妙に落ち着く。それに建物も植物も水浴びできて生き生きしているのが気持ちいい。けれど、仕事で大きなスーツケースを持ち歩くのには不便だから、それは休日限定で。湿度調整した快適な部屋の中に身を置き、雨の軌跡を眺めて窓際でぼんやりするのが梅雨時のお気に入りだった。

今日は岩ちゃんのお宅にお招ばれしていて、いつもとは違う窓際で、雨がしとしととガラス窓を濡らすのを楽しんでいた。岩ちゃんの部屋はダイニングテーブルがいい位置にあるのだ。

広めの1LDK。白を基調としたシンプルなインテリアに観葉植物がいくつも置かれて、ナチュラルでリラックスできるいいお部屋だ。

しかも目の前に並ぶのは立派な和定食。金目鯛《きんめだい》の一夜干し、ほうれん草の白和え、キュウリと茗荷《みょうが》の浅漬け、ジャガイモとワカメのお味噌汁《みそ》。全部、岩ちゃんの手料理だ。

「ギャラはもちろん払うけど、この前のヘルプのお礼がこれで良かったのか？　きっと店長はもっとすごいものを要求してくるぞ」

「いいもなにも、岩ちゃんのご飯大好きー！　幸せ！」

岩ちゃんのご飯を食べるのはひさしぶりになる。

以前は岩ちゃんの手料理を肴《さかな》にお酒を呑《の》むために部屋へお邪魔していたのだが、半年前に岩ちゃんの結婚が決まり、さすがに夜に訪問するのは……と足が遠退いていた。今日は昼間だし、婚約者にもきちんと了承をもらっている。

「ああ、和食最高。岩ちゃん最高」

目の前の絶景に悶《もだ》えていると、岩ちゃんはあご鬚《ひげ》を撫《な》でながら口許をゆるめた。

「冷めないうちにどうぞ。そうだ、あの撮影で監督と仲良くなったんだって？　根性ある子だって褒めてたよ。他のスタッフも仕事が早くて正確だって」

「それはそれは恐れ入ります。岩ちゃんの名代だからね、恥は掻《か》かせたくないじゃない？」

「謙遜すんなよ。また機会があったら声掛かるかもよ」

「それ、私が行ってもいいの？　やったあ！」

つやつやの白米とほぐした金目鯛を一緒に頬張りモグモグして幸せを噛み締める。美味しいものは正義。気の合う友人が作ってくれた料理とあれば、何割り増しにも美味しく感じる。

「なあ、メイちゃん。前から誘ってるけど一緒に働こうよ。たまに手伝い頼むだろ？　毎回、評判いいんだよ」

「まーた事務所立ち上げの話？　アシスタントを雇えばいいじゃない」

「だからー、アシスタントとかじゃなくて、共同経営だって言ってる。そうしたらメイちゃんだって、バイトせずにスタイリストだけ生きていけるぞ」

「そうだけど。でも、岩ちゃんの案件が優先になるでしょう？　私は私で頑張りたい。指名の数も増えてるからもう少し夢を見たっていいでしょ」

岩ちゃんはこうしてたまに一緒に仕事をしようと誘ってくれる。仕事が手一杯の岩ちゃんとまだまだ余裕のある私。二人で組めば仕事を安定して受けられるのはわかっているけれど、自分の力で独り立ちしたいというのは私の意地だ。ツンツンと尖《とが》っていてはスタイリストとしてのチャンスを逃すかもしれないとわかっていても、損得だけでは処理できないくすぶりがある。

「まあなあ。急ぐ話でもないし、その気になったら言ってくれよ。俺、待ってる」

「待たなくていいから、アシスタントを雇いなよ」

それは嫌だとふくれる岩ちゃんは、差し向かい席でおかずをつついている。こんなに美味しいのに白米は無しだ。

「マイから聞いたけど、ダイエット中なんだって？　別に普通なのに」

「いや、タキシードを試着したら腹がヤバかったんだ……。今のままじゃ、マイの横に並べない。ただでさえおっさんなのにファンに殺される……」

マイは岩ちゃんの婚約者で、私の妹だ。グラビアアイドルでそこそこ売れている。半年後には結婚式。結婚報告会見でウェディングフォトを御披露目する予定らしい。

年の差も胴回りもマイは気にしないと思うけどなあ、と岩ちゃんをちらりと見るがテーブルに隠されたお腹についてはよくわからなかった。もしも体型に問題があるのならお酒の飲み過ぎだと思う。ただでさえ知り合いの多いフリーランスという立場な上に、岩ちゃんは友達が多いから。

そういえば、と岩ちゃんは箸を置いた。

「最近はどこで呑んでるんだ？　『断食の会』はもうメイちゃんだけなんだろ？」

「あー、それね。そうだね。事実上の解散だね」

『断食の会』それは私が主宰している呑み仲間の集まりだ。

入会条件は二つ。独身であること。そして出会いを求めていないことだ。ここで使っている『断食』とは食事のことではなく、男女交際をしばらくの間はしない、という意味だ。出会い目的ではなく楽しく食事会や飲み会をしようという健全な会である。

私の仕事仲間を中心に会員は七人いたのだが、なぜか出会いを求めないという条件のもとにカップルが三組も成立してしまい、主宰者ひとりが残ったというわけだ。ホントに解せない。そう、岩ちゃんもマイも会員だったのだ。半年前に婚約祝いで最後の会を開いたっきり、新会員も増やしていなかった。

「どこにも行ってないよ。呑む相手がいないから『断食』ならぬ『断酒』だよー」

ちょっと拗《す》ねた物言いになってしまったが、それはそれで良かった。

外食が減れば貯金も増えるし、外呑みしなければ睡眠時間が確保され、会長をひとりぼっちにした罪の意識からか元会員たちは以前より連絡をくれる。特に困ってはいないのだ。たまにちょっぴり寂しいけど。だからといって、彼氏が欲しいと……いう訳でもない。会員がいなかろうが『断食の会・会長』の名は伊達《だて》ではないのだ。

朱塗りの汁椀《しるわん》を口につけると鰹節《かつおぶし》のいい香りが鼻をくすぐる。岩ちゃんは本当に料理上手だ。料理はきらいじゃないけど自分のためにここまではできない。誰かのためにご飯を作ったのはいつが最後だっただろう。

「ふーん……。ひとり呑みしてるんだったら誰か紹介しようかと思ってたんだけど、そもそも呑んでないわけか」

「岩ちゃんの紹介ならいい人だろうし、友達になるのもアリだけど……」

「すごくお節介だと思うけど、彼氏を探したらって意味だよ」

「は？　なんで。いままで通り彼氏は要らないよ」

「いや、それは知ってるけど」

　過去に男性関係で二度ほど嫌な目にあったと岩ちゃんに伝えていたから、こんなことを進言されるとは思ってもいなかった。

　嫌な目とは、知らずに不倫に巻き込まれたことと、相手が大嘘《うそ》つきだったことだ。変だなと感じたときに相手を問い詰めたお陰で、どちらも訴訟や金銭被害や警察沙汰にはならずにすんだのだが、心底疲れた。その頃は私も若くて、人を見る目もなかったから仕方がない。今はもうそんなヘマはしないが、スタイリストが関わるいわゆる業界の男たちはチャラくて軽くて嘘つきが多い。そうでない人ももちろん居るが、わざわざ選別するのも面倒くさくて、男女交際は完全にお断りしていた。むしろその前の段階から積極的に芽を摘んで、怪しげなフラグは早めに折る。何事も予防が大切だ。彼氏だの恋愛だのというものには五年以上近づいていない。着物と触れあう今の仕事があれば、私は元気に生きていけるのだ。

「女の独り呑みはマジで危ないから、特に最近は物騒だし、本当にやめとけよ？」

　岩ちゃんはいつになく真剣に心配してくれているようだ。

「そ、こ、で、彼氏だよ。特定の相手がいれば行動範囲も狭まって安全だし、まさかの時は彼氏に助けてもらうんだ。もう『断食の会』はメイちゃんを守ってはくれないぞ」

別に『断食の会』を盾にしていたわけではないけれど、確かに助かっていた部分もあった。でも、だからと言っていきなり彼氏とか考えられないし、そもそも身を守るための彼氏ってどうなんだろう？　無理やり恋人を作って、またハズレだったら目も当てられない。本末転倒とはこの事だ。

「ううん、本当にいいから。ひとりで外で呑んでないし、自分でなんとかするし。あー、ご飯が美味しいなー。魚沼産コシヒカリは格別だなー」

話の雲行きが怪しかったので話題を目の前の食事に移し、湯気が立っているうちに岩ちゃんの手料理を美味しくいただいた。

◆

「岩ちゃん、ちょっと聞きたいことがあるんだけど……」

キッチンで洗い物が一段落したところを見計らって岩ちゃんに声を掛けた。

今朝、ここへ来る前に『レンタル和装・花山』に顔を出して、回収してきたＤＭの束をトートバッグから取り出した。そして、とある封筒を探す。以前、ストーカー被害にあってから、名刺の住所はバイト先の『レンタル和装・花山』をお借りして郵便物を一時的に預かってもらっている。その中から一枚の白い横長の封筒を机に置いた。

見慣れたものが多いＤＭに混じって、あまり見たことがない封筒が入っていたのだ。伝票在中という版が捺《お》してあるのだが、差出人は知らない会社だった。

「この封筒ね、知らない会社だし、伝票って言えば時期的にこの前のヘルプで入ったカレンダーのところだと思うんだけど、あの仕事は岩ちゃん名義で受けてるよね？　変だから一緒に確認してもらいたくって……」

「ふーん、『株式会社ドット』ねぇ」

岩ちゃんは意味深に呟《つぶや》いて顎を撫でる。ダイニングテーブルの後ろ引き出しからペーパーナイフを取り出して渡してくれた。

封を破ると中から出てきたものは伝票ではなかった。中身は一回り小さい封筒と便箋。小さい封筒には演劇のチケットとバックステージパス。三つ折りの便箋を開くと、整った手書きの文字が並んでいた。手紙の本当の差出人は、吉良ハヤト。カレンダー撮影のときの俳優だった。

「……岩ちゃん、これどう思う？」

手紙に目を通して岩ちゃんに渡す。

「……読んでいいのか？　どれどれ……ぐふっっ！」

手紙を読んだ岩ちゃんはなぜか咳《せ》き込んだ。

「ごめ……お茶が……変なところに入って……。ハヤ……吉良さんか、差出人は……」

岩ちゃんの手には便箋しかない。お茶も飲んでないのに、どうやってお茶にむせたのだろう……。

　手紙の内容は招待状だった。吉良さんの劇団の夏期公演を観に来て欲しいと書いてある。理由は『僕のことを知ってもらいたいから』と。

　撮影のときに晒《さら》された、興味のなさそうな低温の眼差しを思い出して首を捻《ひね》る。中身は招待状なのに、なぜ伝票を装っていたのだろうか。それがそんな小細工だとしても、文面がどこかビジネスめいていて、他人に見られて困るような内容ではなかったのに。

　吉良さんが何を思っているのか、さっぱりわからない。

　長い前髪から覗く憂いのある瞳を思い出す。

　色っぽい雰囲気のある俳優さんだったが、表情がわかりにくく、気難しい一面がありそうだった。仕事の終わり際に連絡先を聞かれたが、口説かれると言うより、後日クレームでも入れるためかと少々身構えてしまった。それでも、少しは打ち解けたような気のせいのような。つかみどころの無い、セクシーな吉良さんを思い出して胸がざわめいた。

「……たぶん、ハヤ……吉良さんがメイちゃんと今後の仕事を視野にいれてて、自分がどんな人なのか知ってほしいってことじゃないかな……。一緒に仕事するならお互いを知っててて損はないしさ」

　岩ちゃんの推論はなんとなくしっくりこなかった。

「うーん……。伝票を装うって変じゃない？　仕事なら岩ちゃんを通すのが筋だと思うし……。もしそうなら、岩ちゃんの顧客をこっそり横取りしたみたいになっちゃうよ」

「まあ、そうだけど……。ただ、最近はスケジュールがパンパンで受けられない案件もあるし、ハ……吉良さんがその気なら、今後はメイちゃんに引き継ぎしてもいいよ。もちろん、メイちゃんの意思も尊重するけど。あ、名刺になにも書かなかったんだろ？　メイちゃんにチケットが届くか心配だったんじゃないかな？　俺が言うのもなんだけど、あの名刺は怪しいもんな」

「確かに……」

岩ちゃんの助言で使っている名刺には、本来なら名刺に書いてある個人の携帯やメールアドレス、仕事用ＳＮＳのアカウント名などが一切書かれていない。

どうしてかと問われれば、フリーランスの若い女性は狙われやすいのだ。後ろ盾もなく、仕事が欲しいと望んでいる。そこにつけ込んでのセクハラは少なくない。それを防ぐために、住所と固定電話は『レンタル和装・花山』のものを借りていて、後日こちらから連絡をし直す算段をとっている。シュンくんも協力してくれていて、お陰で迷惑電話がぐっと減り助かっていた。もちろん、相手を見て携帯電話番号などは書き加えているが。

「それに……俺も公演を観に行ったことあるしな、吉良さんにチケットもらって」

「へえ」

じゃあ、元々そういう人なのか。仕事をする前にお互いを知って友好関係を築こう的な……？　それなら手紙の額面通り深い意味はないのかしれない。むむ……と考え込んでいると、岩ちゃんはふっと笑い声を洩らした。

「メイちゃんはこだわりすぎなんだよ。趣味の友達と盛り上がって一緒に仕事しようって話になったりするし。単に、吉良さんはメイちゃんと気が合いそうだなって思ったんじゃないかな？」

「……そういえば、吉良さんすごく着物好きそうだったな……。私物のチョイスもわりと玄人っぽかった……」

撮影で見せてもらった私物はみんな趣味がよく、きちんと手入れされて状態も素晴らしかった。特に百八十センチ近く身長のある吉良さんが着られる古着なんて、よく探してきたなと感心した。

「仕事してる姿を観においでって言ってるんだから変なお誘いでもないし、行ってくれば。吉良さんは見た目が良すぎるし、エロく見えるけど、中身はわりと普通だよ」

なんだか岩ちゃんがさりげなく吉良さんを推してきてる気がするんだけど、気のせいかな……。

「吉良さんと仲いいんだ？」

「まあ、普通に仕事で指名されるくらいにはな。それだけ関わってたら、変な人ではなさそうだってことは分かるよ」

確かに、この手紙からはヤりたいとか騙《だま》してやろうという邪な感情は読み取れない。割りきった遊び相手を探す人なら、直筆の手紙にチケットを同封なんて、こんなめんどくさいことはしてこないだろう。バックステージパスを用意してあるくらいだし、周囲のスタッフにも話がついているのだと考えられるし。

もしかしたら連絡先を聞いてきた一件も、着物友達や趣味の合う仕事仲間を探してのことだったかもしれない。この手紙には私の仕事ぶりを好ましく思ってくれていることが率直に書かれていたし、着物の情報交換とかであれば、和服スタイリストの私は最適だ。和服専門のスタイリストは普通のスタイリスト比べて圧倒的に少ないから、珍しく感じたのかもしれない。私だって、着物が好きな人が身近に増えたらうれしいし、吉良さんがそう思っていても不思議ではなかった。

そう思うと、落ち込んでいたことを差し引いても、見た目と態度で判断して、冷たくあしらってしまったことを反省した。冷たい態度をとった相手にこうやって招待状を送ってくれた好意を無下にするのは、社会人的にも、人間的にもよろしくない。私はそんな薄情者ではないのだ。気分が落ちていたのだと、きちんと謝ったほうがいいかもしれない。そうだ、そうしよう。

「吉良さんと気が合えば仲良くすればいいよ。『断食の会』に入ってもらってもいいし。もし気が合わなけりゃ仕事の話も振られないだろうしね」

「うん、そうだね。岩ちゃんが変な人じゃないって言うなら、行ってみようかな。演劇を観に行くなんて久しぶりだし。気分転換にもなるかも」

スマートフォンを取り出してスケジュールを確認すると、チケットに記された公演の日はちょうどオフだった。

「バックステージパスも入ってるし、チケットの礼くらいは直接言いに行くんだぞ。失礼のないようにな」

岩ちゃんが珍しく年上ぶってあれこれ言ってきたので「はいはい、さすがにそこはわかってるよ」と遮った。

スケジュールアプリのカレンダーに赤いマークを入れて『観劇』と入力した。観に行くと決めてしまえば、なんだか少し楽しみになってきた。

公演はちょうど一か月後だ。

今日の窓の外は雨だが、公演の日はもうすっかり夏だろう。青い空とまぶしい日差しを思い描いて、差し入れは冷たいものがいいかもしれないなと考えを巡らせた。

第三章　吉良ハヤトの事情

「……色気ってなんだっけ」

会議室の白い机に突っ伏して呟くと、隣の席から笑い声が上がった。

「ハヤトがそれを言っちゃう？　それとも嫌味？」

キャスター付きの青い椅子に長い足を組んで座るのは、同い年で同期の俳優、柳瀬《やなせ》タクだった。

ミステリアスで色っぽいと言われる俺とは真逆の、瑞々《みずみず》しい美少年のような風貌が売りの二十六歳。友人の意味不明な独り言にも返事をする優しい男だが、視線はスマートフォンに向けられたままだ。近頃お気に入りの女の子、マホちゃんとやり取りをしているからだろう。

雑な扱いには慣れているけどもっとふさわしい態度があるだろう、とじっとりと睨《にら》むと、タクは視線を動かさないまま口の端を吊《つ》り上げた。

「『色気の源泉かけ流し、吉良ハヤトです！』でしょ？　ハヤトの色気は温泉。勝手に沸いて出てくるのマジずるいし」

所属する劇団で使っているキャッチフレーズを他人の口から聞くと改めてバカみたいな自己紹介だなとしみじみと振り返る。色気を謳《うた》っている割にムードのかけらもない。事務所もよく許可したものだ。まあ、考えたのは俺だけれどと、若き日の過ちをほんの少しだけ憂う。

タクとは所属する事務所もデビューの年も劇団も同じという腐れ縁だ。お互いに醸し出す雰囲気が真逆なのをいいことに、コンビのように同じ仕事を振られることが多かった。事務所の会議室に控えているのも、二か月後の夏期公演についてのインタビューのためで、六名のキャストから俺とタクがピックアップされていた。

「机でダレてるだけで色気ムンムンってずるいよなあ。俺も色気が欲しい。爽やかな役はもう飽きたよ」

タクは視線を落としたまま艶々のストレートヘアを耳に掛ける。白い頬があらわになり、漆黒の瞳がさらに涼やかに映る。タクを爽やかと言わずしてなんと表現するべきか。それを言うなら俺だって、色気を全面に出した役はお腹いっぱいだ。けれど、このキャラクターで生きていくと覚悟を決めたのだからそこに不満はない。タクのそれは妬みのように聞こえるが、きっと褒めてくれているのだろう。

——そう、色気。論点はそこだ。

俺は思い悩んでいた。自身から湧き出る色気について。

デビュー前に行われた事務所の戦略会議で「吉良はいつでも色気がダダ洩れ」ゆえにセ

クシーキャラで売り出していくことが満場一致で決まった。そこに俺の嗜好は反映されていない。ダダ洩れと指摘される色気はどこから来ているのか本人にはさっぱりわからないのだ。

　生まれも育ちも平々凡々。目立ったこともモテたこともほとんどなかった。しかし、大学生になったころからぐんぐんと背が伸び、周囲から視線を感じるようになった。

　もともと面の皮が厚く、思ったことが顔に出ないたちだったが、それがいい方向へ転んだようだった。ぼんやりと立っていれば憂いのある佇まいだとスマートフォンのカメラを向けられ、寝ぼけ眼で登校すれば眼が蕩《とろ》けてセクシーだと女子に囲まれ、空腹にラーメンを啜《すす》っていれば唇が犯罪的にいやらしいと友人が赤面した。意味が分からない。とにかく、表情が読めないところが色っぽい、えろい、セクシーだと、本人の戸惑いをよそに周りがざわついた。

　はじめは意味が分からないと困惑しても人は慣れる。そのうち周囲の反応になんとなく順応して、もしやこれが才能と呼ばれるものだったりして……と思い始めたころに、今のマネージャーにスカウトされたのだ。『演技はこれから磨くとして、君の持っている雰囲気は唯一のものだ』と。

「唯一」という超特大の褒め言葉に、心を打たれた。俺にもそんなものが、そんな可能性があったのか。まるでRPGや少年漫画の主人公ではないかと手が震えた。

　色気が何かよくわからないが、それは山奥にこんこんとあふれ出す源泉のようなものらしい。俺はそう納得した。ならば、知らぬ間に掘り当てた天然資源でメシを食い芸能界で成り上がってやろうと、心に決めたのだった。

一度決めてしまえば、色気とは一体……などとは言っていられない。有効利用の一手である。ひとまず、その問題には蓋をした。誰に何をどう褒められても、悠然と微笑んで言葉少なに「どうも」と返してみた。少年漫画の色男がそうするように意味深な間を持たせて、自身から色気が立ち上るのを待つ。すると周囲は蕩け、色めき立ち、少しずつ仕事が増えていった。そして、蓋をしたことさえも忘れてしまった。

しかし、今になって色気問題が再燃したのである。

色気とは一体なんんだ。

そもそも材料は何で、どこで作られ、どこから放出されているのか。体内で練り上げたら具現化したりしないのか。あれ、それいいな。バトル漫画みたいで。色気を具現って絶対エロいサブキャラだけど、もともとそっち系で売り出してるし。次の公演に使えないかな。メモっとくか……っておい、そうじゃなくて。

つまり、色気の出力を自在にして、とある女性を口説きたいのだ。自分の武器は最大限に活用すべきだ。しかしやり方がわからない。なぜなら、それを意識して操作したこともプライベートで活用したこともないからだ。何事もぶっつけ本番ではうまくできない。小学生でも知っている常識だ。

手に持った薄いブルーの名刺を見つめる。そこには明朝体で『北川メイ』と綴られていた。字体と同じ媚《こび》のないキリリとした視線を思い出す。一週間前に出会ったスタイリストだ。彼女の心を掴みたい。あの日からそればかり考えているが、いい案は浮かばない。ヘアオイルで濡れた前髪が鬱陶しい。髪を掻きむしりたい衝動をぐっとこらえる。

「ハヤト。その前髪も色気の一部なんだから、撮影までは我慢しなよ」

ギクリとして、隣のタクを伺うと、やっぱり視線は手元のスマートフォンに向けられていた。

◆

鎌倉の古民家で撮影したカレンダーは、自分で持ち込んだ肝いりの企画だった。ファンクラブの限定品だから少し凝ったものにしようと全ページ和装で提案した。以前から和服を着るのが好きで、趣味のお披露目もかねて私物の紹介とちょっとしたコラムまで書いた。事務所には「仕事に利用できそうな趣味をどうして今まで隠していたのか」と小一時間詰められたが、最終的には和服のCMを呼び込む出来にして来いと背中を押してもらえた。とはいえ、部数をあまり刷らないから予算は少ない。規模は小さく、スタッフは少数精鋭で信頼のおける人に頼んだ。監督もキャラは濃いが腕はいい。納得のいく人選で企画は始まった。

鎌倉の古民家で行われた撮影の日、スタイリストで友人の岩ちゃんがインフルエンザに

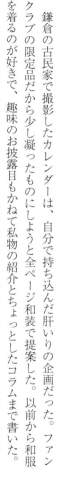

かかり欠席。急遽《きゅうきょ》ヘルプとして北川さんがやってきたのだった。

——はじめまして。北川です。スタイリストの岩田の代理で来ました。

遅刻したと勘違いして、慌てた表情でぺこりと頭を下げる彼女の第一印象は、正直なところ、いいとは言い難かった。

華奢《きゃしゃ》な体つき、幼さの残るショートボブの黒髪、白シャツに黒のパンツという地味な服装がなんだか頼りなげに見えたのだ。

事前に岩ちゃんの友人でデキる人だと聞いていなければ、撮影現場へ見学に来た女の子だと間違えていただろう。

けれど、北川さんの視線はまっすぐに澄んでいた。あまりにまっすぐ見つめてくるのでたじろいでしまい、中途半端な笑顔で「どうも」と頭を下げた。すると北川さんは、牡丹の蕾がほころんだようにふわっと笑い「まかせてください」とさっさと作業に取り掛かり始めた。

端的に言って彼女の仕事は完璧だった。

着付けも迅速で正確。打合せで『色気は出したいが露出は控えめにしたい』といった指示もきちんと理解していた。襟を少しだけ抜いたり、照明の位置を変えて影の部分を増やそうと提案したり、「ここに手を添えてしなを作ると男性でもあだっぽく見えますよ」とアドバイスも的確でかなり助けてもらった。

初めて会ったスタッフたちにもすんなり溶け込み、ヘルプでやってきたスタイリストだなんて誰も思わなかったはずだ。

　そそっかしい印象からのかわいらしい笑顔、頼りなげな姿から繰り出される完璧以上の仕事ぶり。シーソーのようなギャップに心臓が揺さぶられていた。

　セクシーで物慣れた雰囲気が素の俺を覆い隠しているだろうが、付き合った女性は今まで二人。初心《うぶ》なほうだと自覚がある。それだってデビュー前の話で、ということは、学生時代にまで遡る。つまり『色気の源泉かけ流し』なんて謳っているが、完全にビジネスセクシーなのだ。

「吉良さん、これ全部が私物ですか？　とっても似合いそう！　趣味いいですね」

　コラムのスナップ用に持ってきた私物の着物を片付けてくれた北川さんは目を輝かせてこちらを見上げた。これが決め手だった。稲妻に打たれたような衝撃だった。

　今回の私物に高価なものは持ってきていない。ウールの古着、麻や綿、デニムの普段着など、着心地がよく、どれも似合うことを一番に選んだ。学生時代の彼女には「ボロい着物……」と絶句されたが、北川さんはさすがプロ、わかるのだ。趣味の良さを褒められ胸がいっぱいになった。

　それに加えて着物を語る北川さんの眩しいことと言ったら。デニムの着物は同じ工房の物を持っていると嬉しそうに話している。

　もうダメだ。会って数時間だが、北川さんが好きだ。

　よく見たら顔立ちは綺麗だし、立ち姿も凛々しかった。それに着物好きで趣味も合う。

こんな女性に出会ったことがない。絶対にお近づきにならなくては。

「北川さん、連絡先、教えてください」

なけなしの勇気を振り絞りながら話しかけた。ぐずぐずしていたら撮影が終わってしまい、タイムリミットが迫っていた。撤収《てっしゅう》作業が完全に終わってしまったら、人目を避けて声を掛けるなんて不可能だ。仕事中にナンパなんて自分でもよくないとわかっているが、今この二人きりの瞬間を逃すことは出来なかった。

声を掛けた俺を見上げるかわいい北川さんは、不本意だとでもいうようにちいさく返事をした。

「……え、あ、はい」

緊張で汗ばんでいた背中が急激に冷え、体感温度は零度を下回った。

え、俺、もしかして、キモかった？

どうしよう。緊張のあまり顔がひきつっていたのか、それとも鼻息が荒かったのだろうか。女性に声を掛けるなんてやりなれないことをしたせいか、何がいけなかったのかさっぱりわからず、動悸《どうき》が強くなり息が浅くなる。

北川さんは身に着けていた黒いサコッシュから藍染めの名刺入れを取り出しブルーの名刺を渡してくれた。目も合わせてくれない。ただ、最後の餞別《せんべつ》にふわりと微笑んでくれた。俺はそれだけで昇天しそうだった。

◆

――コンコン
控え室のドアが開き、やっとインタビューが始まるのかと立ち上がると、本部の営業部長が顔を出してニカッと笑った。俺とタクは「おはようございます」と頭を下げる。

「ハヤト、頼まれてたバックステージパス、持ってきたぞ。あと、チケットも。舞台の準備どう？」

「あっ……ありがとうございます！　舞台は順調です」

「そうか、前売りなかなか好調だぞ。よかったな」

「――バックステージ、パスぅ？」

タクの視線がとうとうこちらを向いた。ああ、もう。うるさいタクには聞かれたくなかったのに。

「ハヤトがバックステージパスなんて、珍しくない？　ねえ、ハヤト。ねえ、おい、無視すんな」

「絡むなよ。俺だってたまにはパスの申請くらいするよ」

「誰に渡すの。ねえ、部長。聞いてないの。許可制でしょ」

「いや、聞いてないが……ハヤトならまあ、大丈夫だろ」

「えっ、俺の時はあんなにしつこく誰に渡すか聞いたのに？」

「あのころ柳瀬は女関係が爛《ただ》れていただろう。今は反省したみたいだけど」

「ずるっ！　なんだよそれー」

営業部長が去ってもタクが絡んできてしょうがないから、女の子に渡すのだと正直に答えた。するとタクは形よくとがった顎に指を置き、意味深な笑みを浮かべた。

「へえー。スタイリスト。へえー。いいじゃん。タイプど真ん中だったの？」

「タイプっていうか……すでに好きって思ってて……」

「ちょ、そのクールな表情で純情かよ……！　おいおい頬を赤らめるな、色気マシマシで目にキた！　ヤバい！」

黙っていれば湧き水の化身の如く綺麗な顔立ちなのに、実際はやかましいタクである。炭酸水のＣＭに抜擢《ばってき》されるほど透明感のある外見なのに中身は伴わない。

「で、なに、もう寝た？　Ｓ？　Ｍ？　相性抜群？」

そしてこのゲスな物言い。ファンやスポンサーの前ではこのまま猫をかぶり続けて欲しい。バレたらきっと今後の仕事に響くだろう。

「タク、自分をスタンダードだと思うなよ」

「えっ？　じゃあ、デートは？　自宅とホテル以外でどこに行くの。さすがにパパラッチがいるでしょ」

「……まだ」

「は？」

「まだその場で名刺を貰っただけ！」

「はあああ？　……で？」

「今から手紙を書いて、その子の事務所に郵送する……つもり」

「――お手紙とか、小学生かよ？」

タクの雄叫びが会議室に響いた。

お手紙の何が悪い。仕方がない。名刺にはメールアドレスも携帯電話の番号もなかったのだから、これが精一杯だ。俺だって、二十六歳で情けないとは思うけれど一歩踏み出すことが重要なのだ。

「ハヤト、真面目に悩んでるところ悪いけど、色気でどうこうする以前の話だからね？」

「え、マジ？」

「色気が効くのは、ハヤトを男として見てからだから。手紙に色気をどうやって仕込むのさ」

そうか、色気以前の問題か。俺のコミュニケーションスキルは小学生並みなのかもしれない。己の能力の低さにガックリ項垂《うなだ》れていると、タクはやれやれとため息をついた。

「……ハヤト、ファンにそんな姿を見せない方がいいよ？　仕事が減ると思うよ」

タクがあまりに優しく諭すものだから、なんだかしんみりした気分になって頷いた。

突然お手紙を差し上げる失礼をお許しください。

先日の撮影では大変お世話になりありがとうございました。

伝票送付を装い、個人的にお手紙を送ったことに驚かれたかもしれません。

先日も仕事中に連絡先を聞いたりと、不躾《ぶしつけ》な真似ばかりだと呆《あき》れられてしまっても仕方がありませんね。

来る◯月◯日に、劇団ドット夏期公演を行います。今回の公演に北川さんを招待させていただきたく、チケットを送らせていただきました。

私は北川さんの仕事ぶりに感動しました。急遽いらっしゃったとは思えないプロの仕事ぶりに、北川さんの人となりを垣間見ることができ、またお会いしたいと思いました。

一度だけ仕事をした相手に仲良くなりたいと言われても北川さんがお困りになることは明白なので、今度は私の仕事を見て私を知ってもらえたらと思います。

私の本業は俳優です。近頃はテレビのお仕事もいただけるようになりましたが、舞台はこれからも継続的に続けていく大切な仕事のひとつです。

北川さんは演劇に興味はおありでしょうか。

◆

バックステージパスを同封しましたので観劇後に感想などぜひ聞かせてください。
北川さんにも楽しんでいただけるようにこれからの稽古を頑張りますね。
またお会いできることを楽しみにしています。
吉良ハヤト
北川メイさま

◆

梅雨の真っ最中だというのに、雲ひとつ無い晴天。日傘か帽子を持ってくるべきだったと後悔しながら、じりじりとした日差しの中、商店街を抜ける。

待ち合わせの喫茶店へ入ると、一番奥の席でおしゃれな鬚のおっさんが立ち上がって手を振った。俺を呼び出した張本人、岩田リュウこと岩ちゃんだ。三十代半ばと俺より十近く年上だが、俺は親友だと思っている。

「ハヤト、ハグしよう！」

とはいえ、圧を感じるほどの笑顔に、思わず後ろへ一歩引いてしまった。

「何があった……？」

「何って。そういう気分なんだよ！」

いやいや、それはどんな気分だ。昭和の香りが残る飴色の店内で和やかに寛ぐナイスミドル達に、大柄な日本人男性二人のハグなんて暑苦しい絵を見せてはいけない。

「……とりあえず、座っていい？」

「お？　ああ、どうぞー」

コーヒーの香りと程よく冷えた空気が肌をなで、体にまとわりついていた湿気を払ってくれる。岩ちゃんはハグの手を引っ込め席に着いたものの、その顔は鼻唄でも歌いだしそうだ。

午後一時。岩ちゃんに誘われて「紫陽花市《あじさいいち》」という催しへ赴くところだった。紫陽花の咲く寺の境内で、年に一度、骨董市《こっとういち》が立つのだという。我々のお目当てはアンティークの根付けだ。岩ちゃんが財布に結わえている繊細な彫りの大黒さまを俺も欲しいと羨ましがったことがきっかけだ。顔馴染みの業者さんを紹介してくれると言うから、数日前からわくわくしていた。

その前にまずは腹ごしらえと、看板メニューのハムカツサンドとフレンチフライを注文した。空腹に任せてペロリと平らげブラックコーヒーを啜《すす》る。ピザトーストを食べ終えた岩ちゃんは小腹が満たされないようで追加注文を迷っていた。

「ハヤト、俺はうれしいよ」

「ん？　何が」

岩ちゃんはメニューブックから顔を半分を覗かせて、にやりと口の端を持ち上げた。

「お前、とうとう好きな子ができたんだな！」

「……は？」

「北川メイちゃんだよ。俺は何でも知ってるよ」

「——ごふっ！」

なぜそれを？　という言葉は、コーヒーの飛沫《ひまつ》になって周囲に散った。

「おいおい、何慌ててんだよ。メイちゃんに送ったのは普通の手紙だったろ。俺にばれたところでどうってことはないだろう」

咳き込む俺に、岩ちゃんは何やってんだか、とペーパーナフキンを手渡してくれる。

北川メイさんに定期公演チケットを送ったことは、同期のタクしか知らないはずなのに。

——ということは、だ。誰からそれを？　と聞くまでもなかった。

「……もしかして、岩ちゃんと北川さんってプライベートでも仲いいの？」

「まあね。ハヤトより友達歴は長いなあ」

「そんなに？」

それ以上は言葉にならず、もう一度咳《せ》き込んだ。その弾みで鼻の奥のちょっと痛い所までコーヒーがくる。

——撮影一回分のスタイリングをまるっと代打できるくらいの間柄というのを、北川さんと岩ちゃんは同門のスタイリストなのだと勝手に思っていた。単なるビジネスパートナーではなく、岩ちゃんからすれば北川さんは俺よりも仲のよい友達だったとは知るよしもなかった。手紙を確実に北川さんに読んでもらおうと伝票送付を装ったのが仇《あだ》になったのか。不審に思った北川さんが岩ちゃんに相談してしまったのかもしれない。
そうか……そこまで考えが及んでいなかった。恥ずかしい。恥ずかしい。恥ずかしすぎる。

「……じゃあ、手紙も読んじゃった？」

「あー、まあ、うん。メイちゃんにどう思う？　って手渡されちゃったしなあ」

「ううう……」

……恥ずかしさに悶え死にそうだ。

北川さん会いたい一心でバックステージパスを用意したが、タクにダメ出しされた後ではなかなか筆が乗らなかった。その後も、何度も書きなおした手紙を破り捨てたり、また一晩かけて書き直したりと、一進一退を繰り返し、夜中に偶然訪れたハイテンションを利用して封筒をポストへ投函《とうかん》したのだった。翌朝には正気に戻り『しつこい、キモい』と嫌われるのではと後悔したが、ポストへ入れてしまったのだから、もうどうすることもできない。

自分はまな板の上の鯉《こい》なのだ。そうあきらめてしまえば、ひとまずは心に平穏が訪れた。一週間前のことだった。

そんな手紙を岩ちゃんに読まれていたとは。俺は色恋沙汰を友人には知られたくない。それなのに初手から盛大にバレていたなんて……。

顔から湯気が噴き出しそうだ。両手で顔を覆って下を向く。しばらくこのままでいたい。

「ハヤト、俺はうれしいんだよ。俺の知る限り、お前は外見とは逆に初心で純情だから、塩対応された好きな子に手紙を書けるようなやつじゃないんだよ。頑張ったなあ。あれを読んで、俺ちょっと泣きそうだったもん」

そういうことか、それでハグをね。

というか、塩対応されたことまでよく知ってるな。

「俺はハヤトを応援するぞ。お前の心意気を買って、なんでも協力してやろう！」

岩ちゃんはアイスコーヒーをぐっと呷《あお》ると胸をドンと叩いた。

いや、ちょっと待って欲しい。

「ちょっと待って。何がなんだか……」

顔をあげて水を一口含む。カラカラの唇を湿らせてから岩ちゃんに説明を求めた。すると岩ちゃんは先ほどの笑顔はどこへやら、神妙な顔つきで語り始めた。

「実は俺さ、メイちゃんとハヤトはお似合いなんじゃないかって前々から思ってたんだよ」

「ん？　前々って？」

岩ちゃんは、一年くらい前から？　と首を捻る。

「でも、メイちゃんがなー。仕事にどっぷりで、男に対してガードが固いだろう？　無理矢理に引き合わせても拒否するのは目に見えてたし、どうしたものかと悩んでたんだよ」

岩ちゃんの言い方から察するに、あの塩対応は俺にだけではないようだ。

ああ良かった。俺だけがキモいとか思われていたわけじゃないのか。個人的に嫌われているという最悪のパターンではなさそうだ。

「この前のヘルプをメイちゃんに頼んだことに他意は無かったんだけど、ハヤトがその気になってくれたのは良かったよ。紹介する手間が省けて」

手間ってなんだ。手間って。俺の扱いが雑すぎる。ため息を冷たい水で喉の奥へと押し流した。

「しかも、好きになっちゃったんだろ？」

直接的な言い方に口に含んだものを噴き出しそうになったが、茶化しているわけではなく、岩ちゃんは真剣に語っているようだった。

「メイちゃんにはさ、愛情深い一途な男が必要なんだよ。ハヤトは外見が派手っていうか雰囲気はエロいけど、誠実なやつだって知ってるから。お前が適任だって思ってんだよ」

「北川さんへの肩入れがすごいけど、そんなに仲がいいのか？」

「え？　もうすぐ義理の姉になるけど？」

ギリノアネ？　ギリノアネ……。ギリノアネは義理の姉か！　なるほど、北川さんは岩ちゃんの婚約者のお姉さんなのか。え、なんだそれ。もはや身内じゃないか。

「もともと仲はよかったし、マイとの出会いを作ってくれたのもメイちゃんだから、いいヤツと幸せになってもらいたいわけよ。けど、半分はさ、お前が義理の兄になったらすげえ楽しくない？　って思い付いてさ！　そうしたら、俺は最愛のマイと、仕事仲間のメイちゃんと親友のハヤトと家族になって四人で一生ワイワイできるわけじゃん？　もはや俺得すぎる！」

岩ちゃんのぶっとんだ理論に俺の思考が着いていけず、脳内では読み込み中のクルクルマークが点灯している。

え、なんて言った？　俺と北川さんを引き合わせる計画が岩ちゃんの頭にずっとあったのはなんとなく理解したが、問題はその次だ。ギリノアニって義理の兄だよな。今の段階で俺と北川さんの結婚まで視野に入ってるのか……？

「待て待て、義理の兄って……。俺と北川さんは恋人どころか、まだ何も始まってないけど？　それ、個人で楽しむ妄想じゃないの？　人に言って平気なやつ？」

「え？　じゃあ、なんだ。ハヤトはメイちゃんのことは遊びなのか？　アラサー女子に声かけて、結婚と無関係でいられると思ってんのか？」

岩ちゃんはメニューブックをバンと閉じて、憮然《ぶぜん》として捲し立てる。

「いやいや、そうじゃなくて！　今の状態で目標設定が高すぎるんだよ。仕事で一回会っただけだぞ？　そもそも、北川さんにも選ぶ権利があるだろうに」

岩ちゃんはアイスコーヒーを呷り、氷ばかりになったグラスをゴトッとテーブルに置く。そして、無言で俺を見つめた。飲み方がアイスコーヒーのそれじゃない。酒だったりしないよな。酔ってるのか？　大丈夫か？

「……すまん、お前の手紙を見て、あまりに理想通りの筋書きで浮かれて……ちょっと熱くなってたわ。悪い」

岩ちゃんは真顔で素直に謝った。

浮かれていたどころの話じゃなかったが、平常心を取り戻したようだった。よかった。

ちょっと怖かった。夏の怪談話かと思うくらいには恐怖を感じた。

「心配してくれるのはありがたいよ。北川さんが好きなのは事実だから俺なりに頑張る。でも後から『グルだったの？』とか言われたら最悪だし放っといて」

「分かった……」

岩ちゃんがガくりと肩を落とす。どうやら介入する気満々だったようだ。あぶないあぶない。けれど、なんだかんだと世話焼きする岩ちゃんを好ましく思っているのは事実だからしょんぼりされてしまうと少しだけ胸が痛い。

「じゃあ、岩ちゃんに甘えてひとつだけ聞く。あの手紙を読んだ北川さんは、怖いとかキモいとか言ってなかった？」

「言ってない。ただ、意図を図りかねてたから、そ知らぬふりして、着物繋《つな》がりで仲良くしたいんじゃないかって感じにフォローしといた。ハヤトと俺の仲がいいことも言ってない」

「応援はそれで充分だよ。ありがとう」

よかった。岩ちゃんの暴走はまだ始まっていなかった。

「でも、ひとつだけ忠告しとく。聞きたくないなら、俺のひとり言だと思えばいい。ひとりだけ、ずっとメイちゃんを狙ってる男がいる。片思いに年季が入ってるから、そのうち動くと思うぞ」

「へえ。北川さん可愛いから、そういう男が居ても不思議じゃないよなあ。俺も頑張らないと」

俺の返答を聞いた岩ちゃんが、あご鬚をいじりながらじっとりとした目でこちらを見た。

「——何？」

「ハヤト、恋敵の情報、欲しくないのか？　年はいくつとか。どんな外見で、どんな男なのかとか」

「いらない。知りたくない。知っても仕方ない。だって、その男と決闘するわけでもなし」

恋敵の情報なんて知ってどうする。向き合う相手は北川さんだろう。

なんて冷静を装ったが、本当は怖いのだ。自分よりイイ男だったら北川さんを口説くモチベーションを保っていられない。そんな弱気な自分を隠すべく胸を張って自信満々に前髪をかき上げたが、そんな吹けば飛ぶような虚勢を見抜けない親友ではなかった。

「そんな訳で。ハヤト、一緒に敵情視察に行ってやるよ。今から」

「は？　人の話聞いてる？　行かないよ？　……えっ、今から？」

「でもさ、運が良ければメイちゃんに会えるぞ」

「え」

北川さんに……会える、だと？

岩ちゃんをまじまじと見つめると、いやらしい笑顔に拍車がかかった。

「その人、メイちゃんのバイト先の店長だから店に行けばメイちゃんも居るかも。そうだ、店番してるメイちゃんは肩の力が抜けてて可愛いぞー。私服姿、見たくない？」

「え、いや、俺」

見たい。北川さんの私服が見たい。さぞ可愛いだろうと胸がときめく。しかし、今日は心の準備が……いや、恋敵が怖いわけではない。

「公演まであと何週間？　それまで会わずに我慢できるんだ。イケメン俳優は余裕だなあ。ケータイ番号は交換できたんだっけ？」

「いや、それは、その」

「その間に店長とメイちゃんはバイトの度に、あと何回会うんだろうなあ」

「あ、あの」

「な、行くだろ？」

「か、介入、不要……」

「まあまあ、根付けを選びながらゆっくり考えるといいさ」

「う、うぐ……」

なにも言えない俺を尻目に、岩ちゃんはかっかっかと高らかに笑い、伝票を持って席を立った。

第四章　北川メイはもっと知りたい

清々しく晴れた梅雨の合間である。

店の自動ドアが開く度にかすかに鐘の音が聞こえてくる。近くの寺の境内で市が立っているのだ。紫陽花市というその催し物は雨天中止だというのに毎年滞りなく行われていて、この町のちょっとした名物でもあった。

本当ならば、今日はその市に立つお馴染みの骨董店を覗いて、辺りをブラブラするはずだった。けれど、シュンくんからシフトインの要請があり、この前の借りを返すつもりで店番を引き受けた。

当のシュンくんは配達で大忙しなのだ。この時期は短大や大学の卒業式の前撮りが始まる頃で、提携の写真館へ衣装を届ける業務がどうしても増える。あまり知られていないプチ繁忙期である。私はといえば、次の試着予約までの空き時間を足袋の整理をしながらのんびり過ごしていた。

着物をレンタルするお客様には足袋をプレゼントしている。以前は足袋もレンタルでクリーニングに出して使いまわしていたが、経費もそんなに変わらないので新品を選んで頂いて差し上げることにしたのだ。足袋の種類は豊富で、白以外にも色とりどりだ。柄はストライプや矢羽、牡丹やドット、レース生地なんてものもある。それらを素材や色別に並べていく。

昨日納品された分はどこだっけ……と段ボール箱を探していると、自動ドアが開く音がして振り返った。

珍しい。男性二人連れだ。

「いらっしゃいませ！」

よお！　と片方の男が馴れ馴れしく手を挙げた。よく見ると、派手なアロハシャツを着た岩ちゃんだった。見慣れないもう一人の若者は、白い麻のシャツに黒のテーパードパンツ、黒のスニーカーサンダルという夏のモノトーンといった風情だ。その長身の若者は私を見て「……き、北川さん……」と呟いた。

知り合いかな？　とよく見ると、どこか見覚えのある顔だった。

——吉良さん？

長い前髪を真ん中で分けて横に流していたのですぐにはわからなかったが、目鼻立ちの美しさが尋常でない。つい二週間ばかり前に、この造形美に感動したことを思い出した。

今日の吉良さんはざっくりとした質感の白いシャツと黒のパンツが清潔感と色気を共存させ、立ち姿が目を引き付けて離さない。すごい。俳優さんの引力は半端ない。まるで内側から発光しているようなオーラに呆《ほう》けていると、吉良さんと目があった。吉良さんは入り口付近で私に会釈し、私も会釈で返す。岩ちゃんだけが試着ブースの手前までつかつかとやって来た。

「店長、いないの？」

岩ちゃんが何かと思えば、シュンくんに用事だったのか。

「写真館に配達だよ。三軒はしごするから、もうしばらくは帰ってこないと思うよ。連絡取ってみる？」

「ああ、ならいいや。ついでに寄っただけ」

岩ちゃんは振り返り、吉良さんに手まねきをした。

「吉良さんと紫陽花市に行ってきたんだ。骨董屋のおっちゃんから、いい根付けが入ったから見に来いって連絡もらってさ。吉良さんも欲しいかと思って声かけたんだ」

「えっ、私も欲しかったなあ」

「誘えばよかったな……って店番してるから結局無理だったろ」

根付けとは今で言うキーホルダーのようなもので、木や象牙を削って作られている三センチくらいのモチーフだ。紐を通して財布や巾着に結わえ付け、帯に挟んで使うのだ。

着物を嗜む人の中には骨董品の根付けを好む人も多い。岩ちゃんもその例に漏れず根付けのコレクターだ。吉良さんもそうなのだろうか。

「先日はお世話になりました。……吉良さんも根付けを集めてるんですか？」

岩ちゃんの横まで来ていた吉良さんに尋ねる。背が高いので見上げる形になった。間近で見ると、着付けしていたときよりも表情が柔らかいことに気づく。

切れ長の目がほんの少しだけ垂れて、なんだか湧き上がる笑みを堪えているみたいだ。

――こちらこそお世話になりました、と小さく頭を下げた吉良さんは口端を持ち上げた。

「根付けは……現代のものならいくつか。骨董品は持ってなくて……。今日は岩田さんに誘ってもらえて嬉しかったです」

吉良さんが頰を染めてはにかむものだから、よほどいいものが手に入ったのかもしれない。撮影のときには長い前髪が邪魔していたが、今日は額が出ているせいで眉と目元の動きがつぶさに見てとれる。長いまつげの間から光が入り、瞳がきらりと輝いていた。

「吉良さんはその髪型もお似合いですね、なんか、爽やかな感じで……」

思ったことがポロっと口から零れた。購入した根付けを見せてくれようとしていた吉良さんの動きが止まり、真顔でじいっと見つめてくる。

あれ、私、変なこと言った？　良かったのか悪かったのか判断が着かず、表情を読み取ろうと黙って見つめ返した。

沈黙を破ったのは岩ちゃんの笑い声だった。

「ぶふっ！　ハヤ……吉良さんの評価で爽やかって単語を初めて聞いたわ」

ハッと吉良さんも表情を取り戻して曖昧に微笑む。

「俺も都合のいい聞き間違いかと思いました。事務所から『前髪も色気の一部だから崩すな』と言われていて……。映像の仕事が無いときはこうして前髪を分けていることが多いんですけど、褒められたことはありませんね」

　確かに厚目の前髪で目元近くまで覆ったほうがミステリアスな雰囲気で色っぽい。でも、色気はスパイス程度でいい。これは個人的な好みだけれど。

　なるほど、吉良さんをセクシー路線で推してるのは事務所の方針なのか。岩ちゃんが『雰囲気のわりに中身はわりと普通だよ』と言っていた理由を垣間見た気がした。

「今日は私服ですか？　北川さんもすごくお似合いです。夏っぽくておしゃれですね」

　吉良さんが少しだけ眉尻を下げて褒めてくれた。

　あれ、今日は本当に表情が読み取りやすい。仕事とオフでは緊張感がちがうのかもしれない。

　今日は明るいグリーンのマキシ丈ワンピースを着てきた。髪も後ろでまとめてある。現場仕事のときは白いトップスと黒のパンツなので雰囲気が違ったのだろう。服装を褒めてもらうのはお世辞でもうれしい。自然と照れ笑いが浮かぶ。

　二人で向かい合って仄《ほの》かに笑い合っていると、岩ちゃんも横で黙ってニコニコしていた。

「あ、立ち話もなんなので麦茶でもどうですか」

　商談スペースにあるテーブルを目で促すと、吉良さんはこれから仕事に行くのだと申し訳なさそうに笑った。

　ふと店奥の裏口が開く気配がして、振り返るとシュンくんが入ってきた。

「メイさーん、そこに充電器ない？　タブレットの充電切れた……。あ、接客中？　失礼しました」

シュンくんが吉良さんを見て頭を下げた。レジ横に置きっぱなしだった充電器をすぐに手渡すと、岩ちゃんがシュンくんを捕まえた。

「店長！　いいところに。今ちょっと時間ある？」

「あ、岩田さん。今、配達中で……でも、五分くらいでいいなら大丈夫ですよ」

腕時計を確認するシュンくんを岩ちゃんは「充分充分！」と勝手に商談スペースの椅子に座らせ、鞄《かばん》から書類を取り出して納期がどうとか話し始めた。

そうだ。吉良さんに言わなければいけないことがあったのだ。商談の邪魔にならないように少し小さな声で、吉良さんに切り出した。

「先日はチケットを送ってくださってありがとうございました。伺えそうなので、楽しみにしていますね」

吉良さんは一瞬驚いたように息を飲んだが、ほうっと胸を押さえた。

「……おっしゃったそのままの意味で受け取って大丈夫ですか？　ご迷惑だったらと、少し心配していました」

想像以上に謙虚な返答で、こちらがいたたまれなくなる。あの撮影の日につれない態度を取ってしまったことがますます申し訳なくなってしまった。もう、素直に謝るしかない。

撮影が終わって寂しさに落ち込んでいたのだと、理由を話して謝ると、吉良さんは優しく手を振った。

「いえ、ヘルプで来てもらってありがたかったのに、そんなに撮影が楽しかったなんて感無量です。あのカレンダーを企画したのは俺だから、余計に……」

岩ちゃんの言っていたことを理解した。

人をパッと見の外見で判断してはダメだ。吉良さんは『中身はわりと普通』どころではない。『中身は謙虚で誠実だ』の間違いだった。

見上げると吉良さんは静かに微笑んでいた。確かに笑っている。その笑顔にグッと胸を掴まれたような感覚を覚えた。キレイなモデルさんや芸能人の澄ました笑い顔ではない。うまく説明できないが、あたたかく包み込むような笑顔だった。

思わずぽうっと見惚れてしまい、吉良さんって凄いなとぼんやり思った。

急な仕事などで公演へ行けなくなったときにすっぽかすのは悪いので、と私が連絡先を聞くと吉良さんは快く教えてくれた。あの手紙に吉良さんの個人情報は書かれていなかったからだ。

そうこうしているうちに岩ちゃんが戻ってきて、二人はお邪魔しましたと帰っていった。

二人を見送り、振り返ると、シュンくんは充電器を握ったまま店の入り口を睨んでいた。

「シュンくん、どうしたの。次の配達はまだ間に合う？」

「メイさん、さっきのイケメンは誰？　知り合い？」

「ほら、この前の、カレンダーの俳優さん。今日は岩ちゃんと紫陽花市に来たみたいだよ」

「……ふーん」

シュンくんはまだ店の入り口を睨んでいる。

「……やっぱり虫が付いた……」

「え？　虫がいた？　もうそろそろ蚊の季節だね、薬局で虫除け買ってこようか」

シュンくんは私を見て残念そうにため息を付く。

「薬局はいいから。その代わりに塩撒いといて。じゃあね」

シュンくんは踵を返し、裏口へ向かった。

塩？　なぜ？　虫除けに塩だなんて聞いたことがない。

「ねえ、なんで塩？」

シュンくんが消えた裏口に呼び掛けると「お塩がどうかした？」と常連の奥様が後ろに立っていた。私は訳もわからず「虫除けに？」と答えるしかなかった。

◆

久々に散財した。

そして、うっかり、すっかり吉良さんのファンになった。

数日前、バイト先で吉良さんと話をして強烈に思ったのだ。せっかく公演に招待してもらったのに何の準備もせずに赴くわけには行かない！　と。手紙には感想を聞かせてほしいと書いてあった。チケットをプレゼントしてもらったのだから、その役割くらいはしっかり果たさなくてはならない。重大ミッションである。

これは予習が必要だと吉良さんの出演作品をオンラインで検索した。その結果、ブルーレイディスク、しかも全巻セットの限定ボックスが我が家にやって来た。ついでに言うと、映画も二作品ほど同時購入した。数枚の一万円札が華麗に羽ばたいていった。ドラマや映画はサブスク派だったので、初めてネット注文したブルーレイボックスのサイズ感がわからず、届いてから本棚に入らないというオチがついた。

収納場所がない。テレビ前のローテーブルを仮り置き場所としたが、そのテーブルは本来の役目を果たさなくなった。コーヒーカップも乗らないのである。

当面の間はラグにトレイを直置きにしてやり過ごすことにした。

ラグの長い毛足に指を絡めて体操座りをしている。いじいじしたくなるには訳があった。ため息がこぼれる。それもこれも吉良さんのせいだ。

——どれもこれもよかったのだ。

吉良さんの名前で検索をかけると、上位に現れたのは少女漫画のドラマ化作品だった。カレンダーの撮影前日、岩ちゃんから予習にと勧められたVシネマは、この作品のスピンオフだったらしい。

高校生の甘酸っぱい青春ドラマに、ヒロインにちょっかいをかけるエロい保健医がはまり役で、あの色気のある外見にメガネと白衣とちょいSが加わって、正直なところ爽やかなヒーローより断然魅力的だった。当て馬だったはずの保険医に注目が集まり、スピンオフ作品が作られたのにも納得がいくほどに、吉良さんは格好よかった。

自分の性癖はどノーマルだと思っていたが、ちょっとだけそっちに目覚めてしまったかもしれない。報われないちょいSってなんかイイ。

これは手元に残して置かねばという使命感に駆られて夜中にポチポチと購入した。それに、レンタル期間を気にしてのテレビ観賞でちょっとした寝不足でもあった。そろそろ仕事に支障が出る。とまあ、その結果の大人買いだった。

社会派ドキュメンタリー風の映画は数年前に公開されたものだ。主役の敏腕新聞記者に嫉妬する同僚役。出番は多くなかったがいい役どころで、仄暗い内面が見え隠れする演技がすばらしかった。前編後編共に購入を決意した。

ブルーレイディスクのパッケージをぼんやり眺めていると、小さく映りこんでいる吉良さんの姿を見つけて、吉良さんって本当に俳優さんなんだなあと失礼きわまりないことを思ったりした。

仕事柄、芸能人にはたまに会う。スタイリングの現場で演出の意図を正確に読み取るために、予習としてその人の代表作に目を通すことはままあることだが、個人的に興味を持って、なおかつ購入までしてしまったのは初めてだった。

すっかり吉良さんのファンだ。

チョロいな、私。

ため息をもう一度つく。五年ぶりに思い出したが、私は元々チョロい性分なのだ。異性との間に分厚い壁を作って交流を絶ってきた本当の理由がコレだ。

恋愛のゴタゴタで仕事に支障が出る。そんな自分を信用していないのだ。

悪い人じゃなさそうだなと警戒を少しゆるめると、すぐに良いところが目に入り人間的に好ましいなと感じてしまうのだ。一度、好感を覚えるとそこからは早い。私の心は『高い城壁を越えるとそこはもう本丸御殿』という危うい造りになっているのだ。

「思った以上に常識人だったんだもん！」

両手で顔を覆って呻《うめ》いてしまう。吉良さんはすでに城壁の内側だ。

一度だけ一緒に仕事をして、ほんの少し言葉を交わし、作品を観ただけでこの体たらくである。

「好きな俳優さんが増えただけだし！」

ひときわ大きな声が出た。そう、今はまだそこだ。大丈夫。単なる普通のファンだ。

でも。公演を、生の演技を観たら。仕事をする真剣な姿を目の当たりにしてしまったら……。大好きな某仕事ドキュメンタリー番組のテーマ曲が頭のなかで流れ出したら、そこからすべてが始まってしまう。『仕事姿が輝いている』というのが私のツボなのだ。友人にはそれをフェチというのだと教えてもらった。仕事で出会う業界人は信用ならないのに、仕事をする姿がツボだなんて、因縁めいている。でも、信用に足りそうな人が現れたと久々に感じてしまった。チョロいことこの上なかった。

「せっかくずっと平穏だったのに！　岩ちゃんのバカ！」

『吉良さんと仲良くしてみたら』と言っただけで岩ちゃんは何もしていないのだが、八つ当たりしたい気分だった。

こんなザワザワした気持ちになるのが嫌で『断食の会』を主宰していたのになんてことだ。

「まだ時間はある……落ち着こう……」

返事をしてくれる相手がこの部屋にいる訳ではないのに独り言が止まらない。胸に溜《た》めておくと自分の心を見誤ってしまいそうだから、わざと口から溢《こぼ》すのだ。恋になってしまうにはまだ早すぎる。ひとまず忘れよう。

忘れて、フラットな状態で観劇しよう。すべてはそこからだ。勝手に一人で盛り上がってはいけない。公演までまだ一週間以上ある。それだけあれば平常心に戻れるはずだ。

気を取り直し、ローテーブルを占拠していたものたちを段ボールに戻し、ガムテープで封をした。ひとまず視界から消すことはできたが、狭い部屋の踏み場が少し減っただけだった。

◆

そうこうしているうちに、今年の梅雨は長引くこともなく綺麗さっぱり明けて行った。

お天気お姉さんが、しばらく晴れが続くと笑顔で言っていたのをどこかで覚えていて、公演には和装で赴こうと決めていた。吉良さんとは着物繋がりということもあるし、一度は私のコーディネートを見て貰ってもいいとかなと、そう思って。

夏の盛りは着物好きでも汗だくになるのでやや敬遠するのだが、まだ七月初旬ならなんとかなるだろう。着ている自分は涼しくないが、生地が優しく透けて見目が涼やかな夏着物は大好きだ。

選んだのは白地に紫の植物柄の絽小紋《ろこもん》。観劇なのでもう少し格のある着物でもよかったのだがきっと観客は若い子が多いだろうし、あまりに気張りすぎるのも粋な感じではないなと、きれい目カジュアルを目指した。帯は濃い紫。帯留めは無しで帯あげと帯紐はグレーだ。足袋も崩さず白いものをチョイスした。

公演が行われる劇場は駅から程近い、座席数三百ほどのこぢんまりとしたホールだった。このサイズなら、どこの席からでもオペラグラス無しで俳優の表情が見られるだろう。

会場に着くとすでに若い女の子がひしめき合っていた。どの女の子もおしゃれをして、ほくほくした様子で頬を紅潮させていた。

公演について事前の勉強を怠った私に予備知識は何もない。あの、推しの名前を飾り付けたキラキラとした大きいうちわを初めて生で見たのだけれど、六色あることだけがうすぼんやりと理解できた。吉良さんはやっぱりと言うかなんと言うか、色気たっぷりの紫色だった。

せっかく招待してもらったのだから、私も作ってくるべきだったと後悔した。

入り口で購入したパンフレットによれば劇団ドットは吉良さんの所属する事務所の俳優で構成されているという。

年二回の定期講演ではゲストキャストは招かず、メンバーの六名で行っているようだ。キャスト紹介のポートフォリオの中にはなんとなく見知ったような顔もあったので、もしかしたらお仕事を一緒にさせてもらったことがあるのかも知れない。

関係者席と思われる下手側の座席に座ってパンフレットを斜め読みしていると、開演のブザーが鳴り響いた。

若手の脚本家が手掛けたらしい今回の劇は普通のコメディというよりは、ブラックユーモアを織りまぜた大人をニヤニヤさせる類いの喜劇だった。登場人物がすれ違いにすれ違いを重ねて誰もハッピーにならないというバッドエンドだったのだが、悲壮感はなく、つい笑ってしまうようなものだった。結末について誰かと意見を交換したくなるような含みのある終末だった。

吉良さんは舞台半ばで恋に狂い、ミュージカルでもないのに唐突に歌い踊り出すという奇想天外な役どころだったのだが、抜群によかった。私が知らないだけでもともとミュージカルが本業なのかと思うくらいに堂に入っていた。

以前会ったときにお仕事モードだと言っていた長い前髪は健在で、あのすらりとした長身でダークスーツを着こなし、官僚らしい堅い言葉で遠回りに主人公を口説く姿は涎《よだれ》ものだった。パンフレットのキャストを紹介した文章を借りれば、まさに色気がだだ漏れだった。

舞台の上の吉良さんは知らない人のようだった。

カレンダー撮影のクールで妖艶な表情、お店に現れた爽やかな私服姿、映画やドラマで見たどの役のふるまいとも違っていた。姿形は吉良さんなのに、違う人間だった。友人が所属するアマチュア劇団の舞台を観たときはこんな風に感じなかったように思う。芸で身を立てている人というのは凄いんだなと心から尊敬を覚えた。

幕が降りてしばらく経つ。

私はホールを後にして、劇場のエントランスにあるソファに腰かけてぼんやりしていた。さっきからずっと得体の知れない動悸が止まらないでいる。

それは、楽しい舞台を見終わった高揚感なのか、吉良さんの知らない一面を知ってしまった背徳感や優越感なのか。吉良さんが見せた本物のプロの仕事に感動したからなのか。

それとも、スマートフォンでやり取りした他愛のないメッセージからは程遠い、凄い人なんだという事実に距離を感じてしまったからか。

どれもしっくり来なかった。一言では説明がつかない、今まで感じたことのない、じりじりとした焼けつくような気分だ。

その中にただひとつだけ、ぼんやりとわかることがある。吉良さんの仕事を、いろんな表情を、もっと見てみたいという小さな欲が生まれたということだ。

私は個人的に、吉良さんに興味があるのだ。

それを認めた途端にドクドクと心臓の音が頭に響き、指先が熱くなっていく。

心を乱すザワザワした気持ちは好きじゃない。けれど、それを差し引いても余りある『知りたい』という好意が血液と一緒に体をめぐっていく気がした。

膝の上に置いた風呂敷包を撫でる。これを渡しに行けば、その小さな欲は満たされるだろうか。幕が降りて三十分後に楽屋を訪れる約束を取り付けてあるのだ。そして、その後食事に出かけるところまでメッセージでやり取りしていた。

何を話したらいいのかな。チケットのお礼。そして舞台の感想。あとは、着物の話。話題をなんとなく頭に浮かべるが、うまく話せるだろうかと不安になる。

もしかすると、少し緊張してきたのかもしれない。エントランスにある大きな銀の時計が、落ち着かない私を見ている。

時計の針、早く進んでくれないかな。ううん、もっと、ずっと、遅くていい。だって、もう少し胸の動悸がおさまらないと、何も伝えられなさそうだ。けれど、吉良さんの、あのはにかんだような優しい笑顔に会えたらうれしいなと思った、それだけは、間違いじゃなかった。

◆

約束の時間になり、天井からぶら下がる案内板を頼りに楽屋へ向かって歩いていくと、スタッフTシャツを身に付けた若者が立っていた。

バッグの中から取り出したバックステージパスを彼に見せると笑顔で通してくれて「入り口に張り紙があるので行けばわかると思いますよ」と教えてくれた。

スタッフオンリーの看板がある通路を行くのは仕事柄慣れたものだけど、私用だと思うと途端に肩身が狭く感じてしまう。

ソワソワし過ぎて不審に思われないように、すれ違うスタッフに軽く会釈しながら進む。舞台裏への通路は地下でもないのに窓が極端に少なく圧迫感があるから余計にそう思うのかもしれない。

キャスト名の貼り出されたいくつかの扉の前を通りすぎ、通路の突き当たりに吉良さんの楽屋があった。『吉良ハヤト』それだけ印刷された白い紙に迫力を感じてしまう。この扉の向こうにあのすごい俳優さんがいるんだ。まだ記憶に鮮明な艶っぽい歌声やキレのある演技。

あれって本当に私の知ってる吉良さんかな。いや、吉良さんだった。大丈夫、大丈夫。

変に跳ねる胸を押さえて、息を吸って、二度ノックをする。

「あ、あの。……北川です」

思ったより遠慮がちな声が出てしまい、聞こえたかな、言い直すべきか悩んでいると扉の向こうから「どうぞー」とのんびりした声が返ってきた。

「……お邪魔します」

扉を小さく開け、隙間に体を滑り込ませた。

吉良さんが壁に取り付けられた鏡台に向かって座っていた。ゆったりと着付けた浴衣姿だった。墨のような真っ黒な生地に白い渦の模様。硬派な古典柄だ。

「いらっしゃい」

吉良さんは一瞬だけ目を見開いたが、すぐににっこり笑って迎えてくれた。半乾きで後ろに流された髪、水滴の残る鎖骨、ほんのり赤い肌。シャワーを浴びた後なのだろうか。

『水も滴るいい男』という比喩が目の前で実体化している。直視出来ないほどに色っぽい。

「乾かしきれてなくて。せっかく来てくれたのに、みっともなくてごめんなさい」

「いいえ……あの、……浴衣、渋くていい柄ですね。お似合いです」

どこに視線を合わせていいものかわからず、浴衣の渦模様を見ながら言葉を返す。

楽屋は四畳ほどの小さな和室だった。その真ん中に小さなちゃぶ台があり、奥に積まれた座布団がある。吉良さんはそこから一枚抜き取り、ちゃぶ台を脇に寄せて畳に敷いてくれた。吉良さんの真正面だ。

「よかったら、どうぞ」

「失礼します」

靴を脱いで畳へ上がり膝をつけ、差し入れです、と座るより先に風呂敷包を手渡す。向かい合わせに座布団へ着くと思ったよりも距離が近かった。お風呂上がりのシャンプーのような香りが鼻先に触れて、ますます目のやり場に困り、浴衣の渦の数を数えてやり過ごす。

「ありがとうございます。今日は北川さんの着物姿を見られて嬉しいです。すごく……いいです。さすがです」

声を掛けられたので顔を上げると、正面で吉良さんと視線がぶつかった。

そうだ。着物だった。褒めてもらったのでお礼を言うと、吉良さんはこちらこそと笑った。

「楽屋着にしているこの浴衣ね、気に入ってるんですが、周囲の人には不評なんです。地味過ぎるって。でも、北川さんに褒めてもらえて嬉しいです。これからは自信をもって着られます」

さっき会いたいと思った、はにかんだような笑顔にさっそく出会えて、ホッと肩の力が抜ける。お見合いのように向かい合って笑い合っていると、襟の緩みから鎖骨が覗いているのが間近に見えて、途端に恥ずかしくなって目を逸らしてしまった。

「あ、どうかされました？」

「いいえ、あ、あの……吉良さんの浴衣が。襟が、その、ゆったりで、胸元が少し……」

吉良さんは驚いたように息を飲んだ。ごくりと喉仏が上下する。吉良さんはゆっくりと口を開いた。

「カレンダー撮影の時は気になりませんでしたか？」

「あ、あのときは……和装のカレンダーなのに、あの監督さんが浴衣を全部剝ぎ取ってしまうんじゃないかとそればかりが気になって……。せっかくＪＩＮＹＡの新作浴衣なのにって思ってました」

正直に話すと、虚をつかれたように吉良さんは大きく笑った。

「確かに。そうでした。あの人、どんどん襟を乱してくるし、霧吹きで水をかけられて。湯上がりの演出にしても濡れすぎだろうと俺もちょっと思ってましたよ」

「ふふ、思ってたんですね」

「北川さんが監督にこっそり抗議してくれてたの見てましたよ。そこまで脱がさなくても！　って」

「バレてました？」

「はい」

和やかな雰囲気に少しずつ顔の熱さも引いていった。

差し入れで持ってきた菊の花を模った最中を食べながら、今日の劇の感想を話した。素人の拙い感想を吉良さんは頷きながら全部聞いてくれた。あの劇中で突然踊り出した演出や歌った歌詞の内容も吉良さんが発案だと教えてもらったりして、本当に演技の仕事が好きなんだなと思った。楽しそうに語る吉良さんを間近で眺められてものすごく得をした気分だった。

「甘いものがお好きでよかったです。差し入れって何を持ってきたらいいかわからなくて。吉良さんの好みも全くわからなかったので、当たり障りのないものですみません」

「いえ、手ぶらでよかったんですよ。勝手にチケットを送りつけたのは俺です。来てくれただけで十分嬉しいんです」

社交辞令も混じっているだろうが、それでも優しい言葉を掛けてくれて胸が温かくなる。

「いえ、チケットのお礼もしたいですし、差し入れもきちんとしたいので、何かリクエストはありませんか？　最終日までに何か送ります」

「……じゃあ。リクエストと言ってくれるなら、よければ、一緒にどこかへ出掛けませんか？　半日とか、夕方からでもいいです。今日このあとで約束してある食事とは別で」

予想外のリクエストにぼんやりとしていると、吉良さんは両手で顔を覆い、下を向く。

「ああ、もう。遠回しだな……」と呟くと顔をあげて、まっすぐに私を見つめた。

ほんの少しだけ寄せられた眉。そして頬と耳が赤い。吉良さんの綺麗に整った顔に湿度を感じて、またも胸が変な音を立てる。――どく、ばく。吉良さんに聞こえやしないかと、思わず胸を押さえた。

「端的に言うと、北川さんとプライベートで仲良くなりたいんです。……もしかして、特定の……恋人が……いたりしますか？」

背の高い吉良さんに視線をあわせると少し見上げる形になる。吉良さんの瞳からひたむきな感情だけが注がれて、からかわれている訳でないことがよくわかる。

「……そういう人は……いません」

「じゃあ個人的なお誘いをしてもいいですか？　……仕事姿の次はプライベートな部分も知ってほしいんです。それに、俺も北川さんをもっと知りたいし」

――知りたい。その言葉で記憶の引き出しからぽーんと何かが弾き出される。

そうだ。思い出した。そもそも、この公演を観に来たきっかけは吉良さんのくれた手紙だった。そこには、自分のことを知ってほしい、そう書いてあった。

一度だけ偶然に仕事を一緒にした私に、わざわざ直筆の手紙をくれたのだった。何の情報も無いに等しい名刺の住所を頼って高価なチケットを送ってくれたのだ。そうしたところで私が観に来るかはわからないのに。

仲良くなるきっかけを探って、自惚《うぬぼ》れた言い方をするならきっと勇気を出して投函してくれたのではないのか。言葉数は多くなかったが、目がそれを雄弁に物語っていた。

手紙を受け取ったときにはわからなかった吉良さんの気持ちがじわじわと伝わってくる。『知りたい』『仲良くなりたい』という言葉が表層の取り繕った感情でないのを感じる。

嬉しいと、ごく自然に思った。

私も吉良さんのことをもっと知りたい。

「そんなことでよければ。喜んで。どこにいきましょうか」

吉良さんは最上級にはにかんで笑ってくれた。色っぽいとは思わなかった。すごく可愛いなと、こちらもつられて笑った。

第五章　嵐の夜のふたり　――吉良ハヤト――

――スマートフォンの待ち受け画面は二十三時四十八分を示している。ここは北川さんのアパートだ。

タクシーでやって来たのは都心から少し離れた地区の住宅街。夜の暗さでも築浅のアパートだとわかるきれいな建物だった。オートロック。三階建ての三階、角部屋。1DKらしき間取りのようだが、じろじろ見るのも失礼なのであまり見ていない。ただ、ルームフレグランスらしきいい匂いがする。

北川さんは着物を脱ぎに寝室らしき奥の部屋へ行ってしまい、俺は広めのダイニングにあるテーブルセットの二人掛けソファに座っている。目の前のテーブルには出してもらった冷えた麦茶が。そして混乱した頭で今晩をどう過ごしたらいいものか、考えている。いや、一生懸命に考えようとしているが、奥の部屋から帯をほどく衣擦れの音がして、正直、不埒《ふらち》な想像で頭も胸も一杯だ。

何の準備も心構えもなくここにいる。こうなったのは本当に偶然で、押し掛けた訳じゃない。部屋にあげてくれたのは北川さんの親切心だと十二分にわかっている。でも、まあ、塵《ちり》一粒分くらいは期待したいのが男心というものだ。一応、まさかの時のための、アレが一個だけバックパックの内ポケットにあるし……って、いや、そうじゃなくて！

家にあげてくれた理由はともかく、北川さんは俺なんかと一夜を共にしちゃうつもりなんだろうか。こんな夜更けに男と二人っきりなんて、俺は願ってもない……いや、もっと順序というものが……！　俺は順序を守れる男だ。勢いに任せて、なんてことはしたくない。いや、きちんと手順を踏んで、告白から一気に持っていってしまえば順序通りじゃないのか？　うん、それはわりと名案だな。……いや、名案じゃない。

訳のわからない幸運な境遇に、油断すると思考回路がピンクに染まっていく。

ちょっと冷静になれ。北川さんはそんなつもりでは絶対にない。そう、絶対だ。そう、もし、告白してこの場でフラれたらどうすんだ？　終電も無いのに？　タクシーだって来てくれるかわからないのに？　振られて朝まで一緒過ごすとか、俺、そんなタフな精神構造はしていないな……。ん？　もしかして、とっくにビジネスセクシーがばれて何もないだろうと安心されているのか？　そうか、きっとそうだ。え、それって大丈夫なのか俺は。男として見てもらうんだろう！

◆

遡ること数時間。北川さんは約束通り、公演後の楽屋へ遊びに来てくれた。

幕が降りて一目散にシャワールームへ駆け込んで汗を流し北川さんの訪問に備えたかったが、途中で劇団のメンバーに摑まってしまって、約束の時間に身支度は完璧でなかった。そんな俺を見た北川さんの反応には心底驚いた。

「浴衣の襟が……」

視線を逸らし赤い顔でそう呟く北川さんを目にしたときの衝撃たるや。色気か。俺の色気が作用したのだろうか。タクの言葉を思い出す。「色気云々《うんぬん》は男として見てもらえてからだ」と。それを信じてもいいのだろうか。

出会った撮影現場と前に訪れたバイト先では北川さんの纏《まと》う雰囲気が違うとは思っていたが、今日も違う。オフだからだろうか、優しい雰囲気で照れられてしまうと、もう、なんというか、可愛いの一言に尽きた。腕で囲んで閉じ込めて、ぎゅうぎゅうと抱きしめたい。それに加えて、予想外の着物姿。白地の夏着物があまりに可憐《かれん》で、素晴らしさを表す語彙はどこかへ飛んでいった。

送りつけたチケットなのにわざわざ時間を割いて来てくれて、楽屋へ遊びに来てくれて、俺の浴衣姿を褒めてくれて、念願の着物姿で、赤らめた頰で笑いかけてくれて。怒濤《どとう》のごとく押し寄せる幸せに咽《むせ》び泣きそうだったが、きっと厚い面の皮がそれを阻んでいるだろう。多少でいいから、余裕のある表情に見えているといいなと思った。

「実はプロの舞台を見たのは子どもの頃以来で……。感動しました。技術も熱量も圧倒的で引き込まれちゃって。気づいたら幕が降りてました。夢を見ていたみたいでした」

北川さんは、素人の感想ですみませんと首をかしげて困ったように笑った。

「吉良さんも別人みたいでした。初めて見る表情で、声も仕草も、前にお会いした印象と全く違ってて、見た目は吉良さんなのに不思議だなあって。俳優さんっていうお仕事を真剣に考えたことが無かったことに気づきました。吉良さん、本当に俳優さんなんですね。歌も躍りも素晴らしくて、凄い人なんだなって」

目の前の座布団に正座する北川さんは背筋を伸ばし凛とした佇まいで、丁寧に言葉を紡いでくれた。感想を聞かせてほしいと手紙に書いた俺のために。

北川さんはいつだって俺の心をくすぐる。俺が褒められて嬉しいところばかりをピンポイントで突いてくるのはなぜなんだろう。今日だってそうだ。歌も躍りも演技も、自分で言うのもなんだが努力の賜物なのだ。

大学生の頃にスカウトこそされたが、マネージャーの言わんとする『最上級の雰囲気イケメン』だけでは芸能界で食ってはいけない。中身は取り柄のない一般人なのは自分が一番よく知っていた。何もかもがゼロの状態からレッスンに通い、死に物狂いで芸を身に付けたのだ。

芸能界は恐ろしい。幼少期から芸事を叩き込まれた子役という天才や、それがそのまま育ったエリートもごろごろいる。専門の芸事一本で生きている猛者だって居るのだ。それに歌がうまくて踊りができても日の目を見ない奴もたくさん居る。そんな中で居場所を確保するのだから生半可な気持ちでやる選択肢はなかった。

付け加えるなら、大学へも執念で通い続け無事に卒業した。元々は実家の調剤薬局を継ぐ為に選んだ薬科大だったが、中途半端は性に合わず、卒業ついでに国家試験もパスして薬剤師の資格も諦めずに勝ち取った。難所は実験、実習、卒論、国家試験。とにかく時間と体力がいる。事務所の社長に直談判して、何とか時間を作ってもらった。幸いにも、まだそんなに売れてなかったからどうにかなった。

「薬剤師の未来を蹴って、芸能界って本気かよ？」と思っていたらしい親も友人も死ぬほど驚いて尊敬するとまで言わしめた。

事務所に所属してからの数年は濃密だった。やるべきことをひとつずつクリアにしてコツコツがむしゃらに頑張ってきた自負があるからこそ、こうして堂々と舞台に立てるのだ。

そんな努力の結果を北川さんがこんなに評価してくれている。楽しい舞台だったと言ってくれて、演技も歌も躍りも素晴らしかったと、夢中になったと目をキラキラさせているのだ。

心臓がばくばくと音を立てている。好きな女の子が、目の前で自分を褒めてくれているのだ。ましてや仕事が完璧な北川さんに凄いだなんて言われて平静ではいられない。古びた楽屋のなかで花吹雪が舞うような、そんな幻が見えてしまう。今までの人生でこんなに浮かれたことは無かった。軽い興奮で息が浅くなりそうなのを舞台の裏話をしながら何とか堪えた。

どうしよう。好きだって言いたい。好きだと言って抱きしめたい。

だって、何の疑いもないくらいに、俺は北川さんを好きなのだ。北川さんに会うたびに俺は恋に落ちてしまう。それを知ってほしい。そうしたら、さっきみたいな困ったような笑顔で、俺の気持ちを受け入れてくれるだろうか。それとも、まだ三回しか会ったことがないのに軽い男だと軽蔑するだろうか。

北川さんが差し入れてくれた老舗の最中を食べながら悶々《もんもん》としていると、北川さんがチャンスをくれた。

チケットのお礼に何かリクエストをと言ってくれたところに、勇気を持って一歩踏み込んだ。デートに誘ったのだ。恐々と恋人の有無を聞けば、そんな人はいないと言う。ならばともう一歩前に出て、北川さんに個人的に仲良くなりたいと気持ちを伝えた。怖がらせないように。押し付けがましくならないように。それでいて、溢《あふ》れてくる熱い想いは伝わるように。

数秒の沈黙のあと、北川さんは花が綻ぶように笑って、喜んでと答えてくれた。

その瞬間の幸せの鮮やかさを、忘れることはきっと無いだろう。

◆

北川メイさん。

二十八歳。恋人無し。父、母、兄、妹の五人家族。お兄さんは地元で会社員をしている、妻子あり。妹のマイさんはグラビアアイドルで岩ちゃんの婚約者。芸名を聞いたら顔が思い浮かんだので知名度は高いと思われる。父似と母似で似ていない姉妹なんだそうだ。上京したのはメイさんの方が後で、姉妹で同居という選択肢は無かったらしい。メイさんは目下のところ独り暮らし。着物以外で好きなものは、美味しい和食と散歩。そしてゲームを少し。最近は散歩へなかなか行けず、フィットネス系のゲームソフトを買おうか悩んでいるらしい。三日坊主を心配しているのではなく、やりこんでムキムキにならないかどうかが問題のようだ。

以上がこの楽しい食事の席で得た北川さんの新情報だ。これぐらいなら岩ちゃんをつけばわかったかもしれないが、北川さんの口から直接教えてもらうことに意味がある。

そして、にこにこしながらモグモグする可愛い北川さんを対面で直視できることの喜びよ。北川さん、本当に美味しそうに食べるなあ。可愛いなあ。

食事の約束を取り付けたとき、ついでに北川さんに食の好みを聞いた。「美味しいお米と美味しいおかずが食べたい」と具体的に教えてくれたので、今日の食事には個室のある小綺麗な豚カツ屋をチョイスした。劇場から歩いて十五分ほどのこの店は定食を食べてサクッと店を出ることもでき、個室でのんびりと一品料理を楽しみながら飲んだりして歓談に重点を置くこともできる。今日はもちろん後者だ。

名物の分厚い豚カツをメインに、チーズや梅と紫蘇《しそ》を薄い肉で巻いたフライ、豚の角煮、蓮根《れんこん》のきんぴら、ひじきの煮物、ワカメの酢の物、大根としらすのサラダなどガッツリしっかり注文した。瓶《びん》ビールをシェアしてチビチビ飲みながら仕事後の空腹を満たし、北川さんは白飯を途中で追加したりして、のんびりとおしゃべりして楽しんだ。

俺も家族や劇団のメンバーの話をしたり、最近始めた料理のことを話したりした。北川さんは話し上手の聞き上手で、ついついたくさん話してしまった。

あまりに楽しくて、気づけばいい時間になっていた。店を出ると、空気がどんよりと湿っていた。梅雨は明けたが、まだ油断できないということなのか。でも、最寄りの駅はそう遠くないので、道中で降られることは体感的に無さそうだ。次に会う時は何をしたいか、そんなことをしゃべりながらゆるゆると歩いた。

「……わっ！」

隣を歩く北川さんがカクンと立ち止まる。

北川さんが振り返った先のアスファルトに白い楕円形《だえんけい》の物体がポツンと残されていた。近くを歩いていたサラリーマンがぎょっとしたようにそれを避ける。

「……あー」

北川さんは左の足先を少し返し、草履の裏をなんとも言えない表情で見つめていた。謎の物体は草履の底だった。北川さんの草履の底板が完全に剝がれ、落ちてしまったようだ。

「……古かったからかなあ。ああ、そういえば雨の日に履いたのがダメだった……？」

かっこわるいなあと眉を下げた北川さんはちょっと大きなはんぺんのようなそれを拾い上げた。

「吉良さん、コンビニに寄っていいですか？　ひとまず応急処置で両面テープか接着剤を……」

「歩けそうですか？」

「はい。鼻緒は無事です。一番下の上げ底の部分が剝がれただけみたいなので、コンビニが近くにあればきっとそこまでは大丈夫だと思います」

聞けば、その草履は馴染みの古着屋で買った新古品なんだとか。買ったときの状態は悪くなかったが、思っていたより古く草履の底を貼り付ける接着剤が劣化していたのかもしれないと北川さんはため息をついた。

地図アプリで調べるとコンビニはさっきの店の向こう側、駅とは逆方向だった。

駅へ向かうゆったりした人の流れから外れて歩道の端を歩く。壊れた草履に負担をかけないようにひょこひょこと歩く北川さんに歩調を合わせる。霧のような湿気がいつの間にか小さな粒へと変わってきていた。

「ついでに傘も買った方が良さそうですね」

「本当ですね。ごめんなさい」

「いえ、アクシデントは楽しめる質《たち》なので。草履が壊れるとか、ちょっと面白かったです。他人事ですみません」

「もう。恥ずかしいなあ」

北川さんが拗ねたように口を尖らせ、俺の腕をポンと叩いた。少しだけ打ち解けた感じがして嬉しいし、身悶《もだ》えするほどに可愛い。もういくつか憎まれ口を言ったらもっとやってくれるかなと思いつき「口、尖ってますよ」と指摘したら、無言でもう一度叩いてくれた。幸せだ。ニヤニヤしてしまう。

「歩きにくくないですか？」

調子に乗って北川さんの手を掴む。しっとりとした柔らかい手だった。北川さんが振りほどかなかったのでそのまま手を繋いでゆっくりと歩いた。

お目当てのコンビニが見えたところで北川さんがぎゃっと悲鳴をあげた。左足の草履がすっぽ抜けた瞬間を目撃した。今度は俺を越えて前へ飛んでいったのだ。片足で立ったまま動けない北川さんの代わりに草履を拾いに進む。

あーあ、鼻緒が逝ってる。

草履の裏で鼻緒を連結していた金具が無くなっていた。底ではない部分で歩いたことで負荷がかかり完全に壊れてしまったようだ。二股に別れた鼻緒が草履の脇から外れてしまって足の甲を包めず、突っ掛けることも出来ない。

これ、接着剤でなんとかなるのか？　いや、たぶん無理だろう。もう草履の体を成していないのは明白だ。北川さんも気まずそうにこちらを見て、同じことを考えているようだった。

ポツリと雨粒が頬に落ちる。黒い空を見上げると次は眉間に命中した。間をおかず、地面でぱらぱらと雨がはぜた。きっとこのまま本降りになるだろうなと簡単に予想できた。

手の施しようのない草履。降り始めた雨。駅までは距離がある。

どうしようかと少し悩んでいると場を読んだように空車ランプのタクシーが走ってきた。

迷わず手を挙げ、北川さんの肩を抱きかかえて乗り込んだ。

◆

北川さんのアパートはタクシーで帰れる距離にあって安心した。しかし、天気の方が良くない。雨足が強くなっていた。

アパートの前に車をつけてもらったが、玄関ポーチまでの間に広く水溜まりができていて、片足しか草履のない北川さんが歩けるような状態では無かった。遠回りすれば足元は無事だろうが、そうすれば体がずぶ濡れだ。

「濡れちゃって風邪引きますよ、公演中にまずいです！」「重いし、腰がやられますよ！」

「そんな、恥ずかしいし！　大丈夫です、ケンケンで行けます！」

北川さんは恐縮しきりだったが、いわゆるお姫様抱っこで水溜まりを跨《また》ぎ、そのまま三階まで上がった。腕が顔が、胸が、脚が……あちこちが密着して、柔らかくて、いい匂いで、死ぬほど役得だった。

やってみたらどうということはなかったが、自分の体力に自信がなかったので、待たせてしまうのも悪いなとタクシーには行ってもらった。帰りは北川さんに傘を借りて駅まで歩けばいい算段にしてあった。道すがら確認したら駅はそう遠くなかったし、少しくらい雨に濡れたとしても、速乾素材のＴシャツを着ているから問題ない。終電にも間に合いそうだった。

一旦、部屋の扉の中に入って玄関先で北川さんを降ろすと、タオルと傘を貸してもらった。ペットボトルの水も渡してくれた。何度もお礼を言われたので、努めて爽やかに「そんな、当然です。じゃあ、また」と扉を開けた。

その瞬間、強い力で扉が引っ張られた。突風だった。目の前を白い稲妻が走る。一秒も置かず大きな轟《とどろ》きが響いた。細かい雨が凄い密度で吹き込んできたのであわてて扉を閉めた。さっき扉の中でやり取りしていたのは五分ほどだったろう。ほんの少しの間に信じられないほどの天候悪化だ。強風に豪雨に雷雨だ。

タクシーを帰すべきじゃなかった。でも、もう帰してしまった。

どうする。どうする。たぶん、傘は役に立たない。それどころか、きっと壊してしまう。北川さん、レインコート持ってるかな。

ここがタクの家なら泊まらせて欲しいと気軽に言えるが、さすがに女性相手には無理だ。ましてや男性に警戒心の強い北川さんだ。嫌われるのは本当に困る。帰れる限りは何とかして帰ろう。そう思って振り返ると北川さんが申し訳なさそうに声を掛けてくれた。

「……吉良さん、ちょっと雨宿り……していきませんか？　本当に風邪を引いてしまわないか心配です」

「……はい。……申し訳ないですけど、助かります。ゲリラ豪雨かもしれないし、少しマシになるまでここで待たせてください」

部屋に上がってくださいと言う北川さんの申し出を丁重にお断りして十分ほど待ったが外の様子は全く変わらず、スマートフォンの天気予報を見るとゲリラ豪雨ではなかった。もともと朝まで大雨の予報だった。北川さんも俺も天気予報をノーチェックだったのだ。お互いに自分のスマートフォンを覗きこみ、力なく笑った。

「吉良さん、中へどうぞ」

「……すみません、お邪魔します」

こうして、夜が明けるまで北川さんの部屋でお世話になることが決定した。

神に誓って、けっして、わざとでは無い。だから、わざとじゃないって！

心の中の悪魔があれこれ焚《た》き付けてくるのを強く牽制《けんせい》した。

第六章　嵐の夜のふたり　――北川メイ――

風にあおられた雨が壁に叩きつけられている。それは波のように高鳴っては引くことを繰り返し、勢いはなかなか衰えない。依然として嵐が去っていく様子はない。

私の動悸も嵐と連動しているかのように大荒れだった。なぜなら引き戸を一枚隔てた向こう側に吉良さんがいるからだ。経緯はどうであれ、吉良さんを私が持ち帰ってきてしまったのだ。実情は悪天候からの避難なのだが、しかし。

『嵐』『夜更け』『密室』『朝まで』『二人きりの男女』。この単語の組み合わせがまずい。連想ゲームなら正解は一択だ。これをテーマにした創作物がどれだけあることか。その男女が相思相愛だったりそうでなかったりと様々だろうが行き着くところは大体一緒なのだ。

その展開を、今から、吉良さんと……？　そんなテンプレな筋書き、望んでない。けれど、一ミリも望んでいないかと問われると、ほんの少しのやましさに咳《せき》払いくらいは出てしまうが、こんな急展開は望んでいなかった。できる限り順当に、少しずつ仲良くなりたいのだ。少しずつ仲良くなって、それからのことは……またその時に考えたい。

想像していなかった事態に狼狽《うろた》えてしまうが、招き入れた私が平静でないと分かれば吉良さんも居心地が悪いだろう。

手はじめに、色気の無さそうな半袖のスウェットと太めのストレートジーンズをチェストから取り出す。

まずは第一関門。着物を脱ぐ。努めて何でもないように、それでいて無防備な状態を短時間で済ますために、最高速度で着替えた。時間の押している撮影現場での早着替えのように。

そして、クローゼットから保存袋に入った客用布団を取り出す。これを使うのはいつぶりだろう。仕舞いこむ前にしっかり天日干ししておいてよかった。一緒にいれたサンダルウッドの香り袋もいい仕事をしてくれている。

よかった。これなら使ってもらえそうだ。

吉良さんは仕事終わりで疲れているだろうに、草履が壊れて満足に歩けない私を放り出さず部屋まで送ってくれた上、こんな嵐になっても部屋へ上がらず、帰ろうと私を気づかってくれた。

夜更けに女性の部屋に上がる意味を正確にとらえている常識的なところはものすごく好ましい。昔に付き合った男はそこら辺をうやむやにして体にありつこうとする人だった。

惚れた弱味でそのときは押しきられてしまったが。

そういう男性の下心みたいなものが吉良さんからは微塵《みじん》も感じられなかった。そんな思いやりに溢れる人をこんな嵐の中で無理矢理に帰すことは出来ない。そもそも公演がまだ残っている俳優さんに風邪を引かせたら大事だ。今夜は快適に過ごしてもらい、睡眠もきちんと取って明日に備えて貰わなければならない。ざわつく胸は無視して、そう心に決めたのだ。

ダイニングに続いている引き戸に手を掛ける。

ダメだ。やっぱり意識してしまう。胸を押さえてその場にしゃがみこむ。

仕方がない。吉良さんからは好意を向けられているのだ。はっきりそう聞いた。プライベートで仲良くなりたいという吉良さんの言葉を実践するには、絶好の機会になってしまった。何せ邪魔するものは何もない。朝まで二人きり。朝までだ。

紳士な吉良さんに限って絶対に何もないと信じているが、男性は理性と本能は別だと言うし、万が一、私が惑わせたりしたらいけない。

ひとまずはお風呂を勧め、流れるようにそのまま就寝だ。この二つを意識せず、意識させずに淡々とこなすこと。これが私に課せられた使命だ。そう気持ちをグッと引き締めた。

引き戸を開けると、ダイニングのソファに座る吉良さんが振り向いた。少し顔が赤いのは気のせいだろうか。

「吉良さん、もしかして寒いですか？　お布団、タオルケットより毛布がいいですか？」

吉良さんは首をブンブン振り、その後、大丈夫だと頷いた。

「よかったら寝る前にシャワー浴びますか？　その間にベッドを作っておくので、どうぞ。あっちの扉です」

吉良さんが座っているのは実はソファベッドで、サイドにあるレバーを引くとワンタッチでベッドへと形を変えるものだ。

吉良さんにソファを下りてもらい、手早く寝床を整えていく。

「いや、劇場で一度浴びたので大丈夫です。お気遣いありがとうございます。それより北川さんこそどうぞ。夏着物、暑かったですよね」

「あ、ソウデスネ……」

人に勧めておいてなんだが、吉良さんがここにいる状態でシャワーなんて、浴びられるはずもない。水音が聞こえる空間で入浴って！　生々しすぎやしませんか！　扉こそあるものの、すぐそこで着替えないといけないし！　さらに湯上がりで、それは素っぴんで、今よりリラックスした服装で――無理無理無理無理！

考えないようにしていたアレコレが具体的になり、恥ずかしさが増していく。まずい、意識しないようにしていたのに耳まで熱くなってきた。せっかくの努力が水の泡だ。うまくはぐらかせずに立ち尽くしていると、吉良さんも自分の言葉の意味に気づいたのだろうか、顔を赤くして黙りこんでしまった。

「……あ、さっき、デオドラントシートでざっくり拭いたので、大丈夫、です……」

拭いたも何もまるごと嘘だったが、何とか入浴を回避しようと誤魔化して背を向ける。

窓を叩く雨がまるで氷の粒のように音を立てている。せめてカーテンを閉めればましになるかと窓に近づくと、フラッシュが焚かれたように目がくらんだ。同時に轟音《ごうおん》が鳴り響く。雷雲はいつの間にか頭上までやって来ているようだ。

「ひぃっ」

悲鳴の出所は、大きな体を屈めて両手で耳をおおっている吉良さんだった。

「吉良さん？」

「あ、雷がこわ……んん、苦手でして」

プライベート仕様のすっきりした前髪が恐怖にこわばる表情をさらけ出していた。明らかに怖がっているのに、吉良さんは辛うじて怖いと言わなかった。体はまだ屈んでいるのに。

……なにそれ可愛い。怖いも苦手も意味合いは変わらないと吉良さんは分かっていないのかもしれない。しゃがんだまま取り繕っているところが可笑しかった。ちょっといじりたくなる可愛さだ。

「ふふ、簡単に落ちたりしないですよ」

すっかり毒気を抜かれ、私もしゃがんで吉良さんの肩にポンと触れた。その瞬間、閃光《せんこう》と特大の雷音ともに部屋が暗転した。

暗闇のなかでじっとしたまま五秒数える。灯りは復旧しない。完全に停電だ。近くに落ちたのかもしれない。落ちたりしないなんて言わなきゃよかった。完全にフラグだった。

闇に包まれた周囲を見回す。蓄電している家電は無いようで、ダイニングもキッチンも真っ暗だ。スマートフォンは寝室だし、懐中電灯は……。

そういえば、雷が怖い吉良さんは無事だろうか。肩に触れたままの手で吉良さんが微動だにしていないことはわかるが、恐怖で固まったりしていないか心配になる。

肩をポンポンと叩くと、大きな手が私の手首を掴んだ。吉良さん、やっぱり怖いのかもしれない。

「吉良さん？　大丈夫ですか？」

怖いですか？　と聞くのは悪い気がして、言葉を選んだ。

「はい。大丈夫です。北川さんは怖くないですか？　こうしていれば、そのうち目が慣れますよ」

返ってきたのは、思ったよりずっとしっかりした頼もしい声だった。さっきの悲鳴との違いに驚いて言葉を返せずにいると、腕を優しく引っ張られ、温かさでふんわりと包まれた。頬が厚みのある肩に密着して、抱き締められたとやっと気づいた。引っ張られた拍子に膝立ちになって、そのまま吉良さんの腕に守られている。

「大丈夫、すぐに復旧しますよ」

吉良さんの手が背中でトントンとゆったりリズムを刻む。子供を寝かしつけるような優しいしぐさだ。

——もしかして私が怖がっていると思ってる……？

「……吉良さん、暗いのは平気なんですか？」

雷は苦手なのに、とは言わなかった。

「はい、舞台の暗転みたいだなって、むしろすごく冷静ですよ。こうなると雷も音響のような気がしてきます」

「暗転って、舞台上もこんなに真っ暗なんですか？」

「非常口の光があるからここまでじゃないですけど、まあまあ暗いです。稽古で全員の動きを把握してるからぶつかったりしないですけど、予想外の動きをすると何かにつまずくことはありますよ」

吉良さんは普通よりもゆっくりとしゃべってくれている。きっと私を落ち着かせるためだ。相変わらず背中はトントンされている。

優しい人だなあ。こんなに密着しているのにここにあるのは慈愛そのもの。厭《いや》らしさは少しも感じない。

吉良さんが健気すぎて、実は暗闇が怖くないんですとは言い出せなかった。そんなことを言ってしまえば、吉良さんは抱き締めていることを謝るだろう。それこそ、とんだ勘違いだったと青ざめて。

吉良さんが慌てる様子を思い浮かべると笑いが込み上げてきて、必死になってこらえた。雷はいまだに頭上で轟いているがそれは全くもう意識の外だった。

「北川さん、震えて……？　大丈夫ですよ。大丈夫」

吉良さんの腕に力がこもる。背中でトントンしていた手は肩甲骨と腰を支えてお互いの体をぴったりと密着させた。私の顔の横に吉良さんの息づかいがあった。

──笑いを堪えてプルプルしていたのを、怖がって震えているのだと勘違いしている！

これじゃあ、ますます違うとは言えない。近い！　さすがに近い！

距離を置こうにも、腕は体の側面に沿って下げた『気をつけ』の姿勢のまま抱き込まれているので動けない。

耳元で吉良さんの熱い息を感じる。密着したシャツから香水かデオドラントのいい香りが立ち上る。男の人の匂いだ。私を包む吉良さんの体が熱い。目はまだ暗闇に慣れない。視覚以外は吉良さんでいっぱいだ。否が応にも動悸が早まる。顔が熱い。指先も熱い。苦しいくらいだ。

「吉良さん、大丈夫です。もう怖くないです。もう、大丈夫です！」

「……それなら、よかった」

二人の間に隙間が生まれた。灯りが戻ったタイミングと同時だった。

◆

部屋に光が戻った。

最初に目に映ったのは、吉良さんの真摯な色を帯びた、丸い瞳だった。吉良さんは一瞬だけ目を見開いて、そして優しく笑った。私の好きな穏やかな微笑みだった。

こんなに間近で、初めて正面から吉良さんの顔を見た。長いまつげに縁取られた切れ長の目。瞳は吸い込まれそうな漆黒《しっこく》。すっと通った鼻筋、薄い唇は濡れたような赤。滑らかな肌。派手な顔立ちじゃないけれど、どのパーツも完璧なほどに整っていて、色っぽいけど上品という絶妙なバランスだと思った。

今日は特にその色っぽさの中にも包み込むような男らしさを感じる。さっき『怖くないよ』と慰めてくれたからかもしれない。

頭上では相変わらず雷が鳴っているが、きっと吉良さんの耳には届いていないのだろう。さっきの怯《おび》えた姿が演技ということはないと思うけれど、そうであっても不思議ではないくらいに、優しい笑みをたたえて私の顔を見ている。その真っ黒な瞳の奥に熱い光を持って。

どうしよう。一度は落ち着きかけた動悸があっという間に戻り始める。

吉良さんの手が肩に乗っていて、すごく近い。それを気づいた途端に顔が熱くなる。目をそらすか、それとも後ろに下がるか。とにかく少し距離を取りたい。

どうしようかと焦り始めた時、額に何かが触れた。そして、頬。右、左。顔まわりにふわっと息づかいを感じて、キスされたのだと気づいた。そして、もう一度抱き締められる。

「北川さんそんな顔で見られたら照れます……」

耳のすぐそこでささやかれた掠《かす》れた声は、思わずこぼれ落ちたという響きで。

見ていたのは吉良さんでしょう、と言いたかったのに、声の熱さに、はう、と力が抜けて、そのまま吉良さんの胸に戻されてしまった。

明るい今ならよくわかる。私の体は見事なほどにすっぽりと吉良さんで包まれていた。視界に入る肩のラインは滑らかなのにしっかりと厚い骨格、ほどよく筋肉がついて頼もしい。きっと体重かけてもびくともしないだろう。

その肩に頬を当ててると、その安心感に自然と体を預けてしまう。こんなにも胸がドキドキするのに、凹凸がぴったりくるような安心感というか、なんだか深呼吸さえ気持ちいい。甘くて、温かくて、なんていうか、とっても不思議な高揚感だ。

それにしても。私がどんな顔をしているかわからないけれど、吉良さんを意識しているのがバレてしまっただろうか。密室で二人きりだと意識しないように頑張っていたのに、それも何分保てたか。どんな顔をして向きあえばいいんだろう。そして、密着したこの体はどんなタイミングで離れるんだろうなとぼんやり考えながら心地よく体を預けていた。

吉良さんがわあっと声をあげて後ずさったのはわりとすぐだった。あ、飛び退いた、とおかしくなるくらいの勢いだった。

——もしかして今さら雷に怯えてる？　いや、さすがにそれはない、はず。

「ごめん、えっと、あの。……怖くなかった？」

吉良さんはソファベッドまで後ずさって恐々と尋ねた。もうお互いに手を伸ばしても触れもしない距離だ。肌の近くにあった温度がすうっと引いた。

「……雷が怖いのは吉良さんでは……？」

「あ、それ、何でバレ……じゃなくて。二回も許可もなく抱き締めちゃったから。俺が、

「怖くない？」

　怖い？　吉良さんが？　よくわからなかったが、怖くはないですよ？　と言いながら首を捻った。

　吉良さんはホッとしたのか、ソファベッドを背にしたままずるずると床へ腰を下ろした。胡座《あぐら》をかき、ふと『あ、タメ口になっちゃったな』と呟いて気まずそうに片手で顔を半分隠した。律儀ですねと笑ったら吉良さんは困ったように眉を下げて、もういいかと髪をかきあげた。

「怖くないなら、よかった。北川さんは男性が苦手なのかなって勝手に思ってたから。北川さんは女の子で小さいし、俺はでかいでしょ？　いきなり近づいてびっくりさせたんだったら、ごめんなさい」

　吉良さんは頭を下げた。

「ええと、ちょっとびっくりしたけど、怖くはなかった、よ？」

　私は正座してまっすぐに視線を合わせ、吉良さんの口調を真似してみる。

「北川さんは俺のこと、気持ち悪いとか嫌だとか思ってない？」

　二秒ほど考えて、いいえときっぱり言うと、吉良さんはよかったと安心した様子だった。

「雷の、一回目は不可抗力っていうか、やましい気持ちはなかったんだけど。さっきのは……北川さんが可愛くて……つい。ごめん、次からは許可をとるから」

　許可。ただ抱き締めるだけなのに？

今までの男のことを言ってしまえば、みんな無言でいきなり、もしくは、強引にそういう行為をしてきた。待ってと言ったこともあるけど、誰も気にも留めてくれなかった。

吉良さんの許可制スタイルが男女交際におけるスタンダードなんだろうか。男女交際ってまだ付き合ってないけど。

私がろくでもない男に引っ掛かってきたばかりに『普通』がわからない。しかし、この辺に言及すると過去の痛い恋愛話をしなければならないので黙っておくのが正解だと思う。

「吉良さんの腕の中は怖いのと逆で、あったかいなってリラックスする感じ？　……だから許可とかは特に必要ないというか」

「え？　それ、どういうこと？　リラ……？」

吉良さんは手で口許を覆い、モゴモゴと何か呟いている。頬が赤くなったり、目を見開いたりと忙しそうだ。何か気にさわることを言ってしまったのか心配になってしまう。

「えっと、一旦整理していい？」

吉良さんは両手で顔を覆い、下を向いたまま話し始めた。

「まず、北川さんは俺が抱き締めちゃったのは嫌じゃなかったと」

「あ……うん」

なんだこれ。確かにそう言ったけど、改めて確認されるととても恥ずかしい。

「で、俺と北川さんは無許可で接触しても許される間柄であると」

「そこまではっきり言われると……どうかな」

「北川さん、ここ重要」

　吉良さんは下を向いたまま手をこちらに向かってヒラヒラさせる。言い直せってことなの？

「程度にもよるけど、今のところは大丈夫」

　大丈夫とか何言ってんだ私。こんなこと言わされるのは初めてだ。でも、嫌だと思わなかったんだから、それは伝えた方がいいだろう。

「で！　俺の腕の中は……リラックスするの？」

「……うん」

「ドキドキじゃなくて？　リラックス？」

「強いて言えば、安心する感じ？」

　私が迷いなく答えると、吉良さんは、はあーっとため息をついて顔を上げた。

「俺はドキドキしてほしいんだけど？」

　吉良さんの顔はなんとも言えず可愛らしいものだった。目元は赤く、眉は下がり、困ったような笑っているような。無防備な男の子の表情だ。吉良さんの新しい顔を今日はいくつ見つけただろう。今のその顔も、とてもいい。胸がつまるような苦しい気持ちになる。

「あ。今、その顔で、ちょっとグッときました」

「今？　ははっ」

　吉良さんは吹き出すと、膝立ちになってじりじりと距離を詰めだす。口もとは引き締められ、目は笑っていない。目の奥が熱っぽく揺らめき、漆黒の瞳に飲まれそうだ。

「ちょっとじゃダメ。もっと意識してほしいな」

吉良さんは婀娜《あだ》っぽく首を傾げる。何がスイッチなのか、それとも地雷だったのかはわからないが、唐突にぶわりと匂い立つ甘いオーラが一気に広がり、目の前まで迫っていた。

「──俺のこと、よく見てよ」

さっきまでの慈愛に満ちた空気は消えさり、崩れた前髪が妖艶な影を作る。まるで、気だるく微笑む悪魔みたいだと思った。

「俺をよく見て。俺がどんな顔で、どんな気持ちで北川さんを見つめてるか。ねえ、わかる？」

もともと吉良さんを色っぽい一面がある人だと思っていたけれど、どこか他人事だった。それが自分に向けられるなんて思ってもいなかったのだ。しかし今、まさに目の前で強烈な色気が醸し出されて、香水のミストを浴びたようにくらくらしてしまう。

吉良さんとの距離なんてたかが知れている。吉良さんが二歩三歩と進めば、ほら、私が正座を崩して後ろにずり下がる間にもう手が届く。

触れられるのが嫌ではないと言ったものの、捕らえられ嚙みつかれてしまうような男っぽい熱気に当てられ、じわりと汗が滲んだ。背中で汗がつうっと流れ、さっきの停電で空調が切れたままだったことを思い出す。

「あ、エアコン！　付けてきますね！」

会心の逃げ文句を思い付いて立ち上がるも、それより先に手を引かれ、もう吉良さんの腕の中だった。

くるんと転がり、ぎゅうと捕らえられてしまう。

……大丈夫、二度あることは三度ある。我に帰った吉良さんがすぐにまた手放してくれるはず。そんな焦りとは裏腹に、三度目の抱擁は私を捕食するためのものだった。

すべすべの指先に優しく顎を支えられて、唇と唇が近づく。吉良さんの唇はふわっと着地して、角度を変えて何度もやわやわと押し付けられた。

吉良さんの唇は薄めなのにとても柔らかい。その柔らかい谷間がパクリと開き、ぬるっとしたものが私の唇を撫でる。まるで口紅を舐《な》め取るように何度か往復すると、意思をもって口内へ侵入してきた。舌先が歯の粒をなぞり、上顎の裏を撫でる。それから舌をこすりあわせて絡める。

「んっ、んあ、あふ、っむ、んー」

「こら、お口を閉じないで。あーん」

口の端から差し込まれる親指。優しく広げられたそこから唾液がこぼれて、あごが濡れる。吉良さんそれを啜って、そのまま唇に隙間なく蓋をした。口のなかを思うままに探索する吉良さんの舌は彼の穏やかな雰囲気とは違う。無遠慮に隅々まで行き来し、時折ジュッと吸われ、チュルチュルと舐めまわし湿った音がこぼれだす。

『怖くなかった？』って私を気遣った吉良さんはどこへ行ってしまったの。声も、息も、吉良さんの舌に絡めとられて、その代わりに与えられる吉良さんの吐息が甘い。このままでは深い口づけに溺れて窒息してしまいそうだ。

新鮮な空気を求めて、顔を左右に振っても後頭部を大きな手で支えられて、身動きが取れずにただただ彼に食べられる。抵抗を諦めて彼にされるがままに舌を絡ませていると、私の背中を支える大きな手がするりと動き、脇腹をゆっくりと撫で肋骨《ろっこつ》を指でなぞった。

「ふぁっ、っ！」

ぞわりとした甘い痺れに思わず悶える。吉良さんの吐息に熱さが混じった。

「……かわいい、かわいい」

吉良さんの熱い手が、ウエストのくびれから胸の脇まで何度往復し、どれだけの間、唇を密着させていただろう。

ふと、翻弄されるばかりの濃厚な口づけが終わり、吉良さんが満足げなため息をつく。こちらはため息どころではない。明らかに酸素が足りない。思いきり息を吸うと吉良さんはようやく手をほどいてくれた。吉良さんは『もうなにもしない』とばかりに両手を挙げて後ろへ下がり、ソファベッドに腰かける。動けずにいるこちらを覗き見ていたずらっぽく笑った。

「リラックスできた？」

「……酸欠で死にそう……」

「……それだけ？」

「うう」

それだけなはずがない。濃密なキスに腰が砕け、触れられた脇腹は熱く、膝ががくがくするのを隠すだけで精一杯だし、身体中は汗ばんでいるし、唇も痺《しび》れたようにじんじんする。

もうダメだ。意識しないようにしていたのに、吉良さんの顔を直視することができない。吉良さんは男の人だった。私を知りたいと、いつか服を剝いて食べたいと思っているであろう健全な、普通の、男性だ。吉良さんの構成成分が慈愛百パーセントの訳はなかったのだ。

それでも、あのまま甘い濁流にのまれて流されてもよかったかも、なんて頭の片隅で思うほどに、私の頭は茹《ゆ》だっていた。

「……吉良さんのこと、爽やかだと思ってたのに騙された感でいっぱいです」

はしたない想いを知られたくなくて。意地悪された腹いせにちょっとだけ責めると、吉良さんがハッと息を飲んだ。みるみるうちに色気が引いていく。

「ごめんね。北川さんってガードは鉄壁なのに、肝心なところで煽《あお》り上手だから。でも、調子にのってやり過ぎた。今夜はもう何もしない。次は順序をきちんと守るから許して」

「……許すも何も」

そこまで謝ってもらおうとは思っていなかったが、吉良さんが食いぎみに言葉を繋げる。

「それとも、北川さんは強引な男が好み？」

「……いえ！」

「そう。じゃあ今日の続きは、北川さんが俺を『好き』って思ってくれてからにしようかな」

私の戸惑いは伝わったみたいだ。吉良さんは私と足並みを揃《そろ》えると言ってくれている。紳士だ。

「とは言え、ここのままだとまた何かの拍子に迫ってしまいそうだから、平和に一晩過ごすいい案はない？」

寝なくていいのかと聞くと、明日は公演の中休みなのだという。ならばと、我が家にあるゲーム機で時間を潰そうと提案してみた。有名な髭のおじさんのレースゲームなら、全コースをクリアするのに二、三時間はかかるだろう。お互いに頭を冷やすのにちょうど良さそうだ。

「俺、ゲームは死ぬほど弱いからハンデを下さい」

「正直だなあ」

「弱すぎるからって、見捨てないでよ」

「ふふふ」

せっかくだから大画面でレースをしようとゲーム機を寝室のテレビに繋ぐ。

私はベッドの上、吉良さんはベッド下のクッションに座り、三時間に渡って熱戦を繰り広げた。まるで、友達の家にお泊まりする小学生の夜更かしのようだった。たくさんたくさん笑った。

カーテンの隙間から差し込む朝日に気づくと、いつの間にか二人とも床で寝ていた。お互いにコントローラーを握ったまま寝落ちしたようなポーズだった。

吉良さんはローテーブルを避けるように長身をくの字に曲げて、すやすやと眠っている。変な体勢と美しい寝顔がアンバランスで、ついつい笑ってしまった。

——吉良さんのことが好きだなあ。

とても穏やかにそう思った。吉良さんと一緒にいると温かいものが胸に広がる。きっと吉良さんの善良で優しい性格に触れたからだ。

ドキドキしていないと言ったら吉良さんはまた私に意地悪するかもしれない。

でも、しみじみと嚙み締めるような『好き』があってもいいはずだ。

いつかうまく説明できるときが来たら、その時は。

ささやかな決意をすると毎朝六時に設定してあるアラームが鳴り響いた。

嵐が過ぎ去った後の清々しい朝だった。

第七章　大切なのは

七月の土日は浴衣のレンタルが盛況だ。近隣の自治体でお祭りや花火大会が開かれる日は、浴衣を着て行きたいと訪れる学生やカップルが多い。

夜も九時を迎える頃には日帰りレンタルの返却も済み、『レンタル和装・花山』は閉店の時間を迎えた。人の声がしなくなった店内には片付けの作業音だけが小さく響いている。シュンくんはレジ締めを。私は掃除と片付けの担当だ。

閉店作業は二人で分担するが、自分のやるべきことを淡々とこなし、手が空けば相手の仕事を手伝う。床にモップをかけながらチラリとシュンくんを盗み見ると、レジのディスプレイを触りながらお金の計算をしていた。

うーん、まだもう少しかかりそうかな。

——メイさん。話があるから、締めの後に時間をくれる？

お昼休憩に入る前にそうこっそり耳打ちされた。シュンくんのから改まった話なんて今までにあっただろうか。うーん、きっと一度だって無かったはずだ。

そわそわする気持ちを少しだけ我慢して、モップがけをもう一往復増やしてみた。

「お待たせ。ごめんね、帰り際に時間を取らせて」

ペットボトルの水を渡されて、商談スペースに誘導される。シュンくんが席に着いたのは、私の真正面だった。

「実はさ、新部署を立ち上げることにしたんだ」

「あ、シュンくんが細々とやってるネットレンタル事業？　本格的に始めるの？」

「そう。親父……社長の許可が下りて、正式に始めるんだ。スタッフも増やす予定」

「え、そんな大がかり？　すごいじゃない！」

オンラインの着物のレンタルはシュンくんが社長に直談判して始めた仮の事業部で、シュンくんが一人で運営していた。新部署立ち上げの許可が下りたと言うことは、一年そこそこで軌道に乗ったのだ。

よかったね、おめでとう、と拍手をすると、シュンくんはテーブルに組んだ手を置いて少しだけ身を乗り出した。

「ねえ、メイさん。これから立ち上げる部署の責任者やってみない？　これは正式な提案なんだけど」

「へっ？　私？」

シュンくんの声は少し固く、黒い瞳を大きく開いて私をまっすぐに見る。私に軽口をたたく年下のシュンくんじゃない、取引先と商談をしている真剣な大人の顔だった。

「新しいネット事業は……、今まで一人でやって来たからわかるんだけど、インターネットで着物を選ぶ時ってコーディネートがものを言うんだ。着物単体で見てもよくわからないお客様が多いからだと思うんだよね。だから大人にはホームページでTPOに合わせた提案をして、若い子向けには派手なコーディネートにしてSNSで。スタイリストをメイさんに任せたい」

「……楽しそう」

「楽しいに決まってる！　どれだけスタイリングすると思ってる？　お客さんの反応を見ながらトライアンドエラーでたくさんたくさんコーディネートしてもらう。それもメイさんの感性で。着物を愛してるメイさんが適任だよ。役職手当ても付けて待遇もよくする。ただのバイトになんてしておかない。ね、一緒にやろう」

昔からお世話になっているお店の新規事業の立ち上げだなんて、胸が踊らないはずがない。しかも、私をスタイリストとして雇い、待遇もよくしてくれると言うのだ。視界がぱあっと明るくなった気がした。足がむずむずして、勢いよく足踏みしたいくらいにワクワクする。

その立ち上げはいつからかと聞くと、ネットショップのリニューアルとして十月を目処に始めると言う。七月ももう終わる。あと二か月しかない。

いったい何組のコーディネートを組めば足りるのだろう。お店の衣装棚、裏の衣装室の着物が頭の中でヒラリと舞って、色別に整列を始める。帯は、帯揚げは……、しゅるしゅると風に乗って着物の周りに集まり始める。

私の意識がコーディネートに向かってぼんやりし始めたのを見て、シュンくんはこれだからメイさんは、とクスリと笑った。

そうして、ハッとした。

「シュンくん。その話は、もしかして社員としてってこと？　専属契約で考えてる？」

「できればうちの専属になって欲しいけど、無理強いはしないよ。スタイリストの仕事が好きなのは知ってるから、そこはメイさんに任す」

十月までの二か月間。私のスケジュールはすでに週の半分が埋まっている。残りの半分を全部こちらへ充てたとして、それで時間が足りるだろうか。スタイリング、写真取り、サイトの更新作業……。仕事のクオリティを保つには集中力が必要だ。ずさんな仕事をして時間が足りなかったなんて言い訳をするわけにはいかない。

だからと言って、私を頼りにしてくれるお客さまとの約束を反古にして『レンタル和装・花山』に専念することもしたくない。シュンくんは私に任すと言ってはくれたけれど、人が働ける時間は限られている。すべてを手に入れることは不可能だ。

「……ありがたいけど、今のスケジュールでは、無理かも……、ううん、そうじゃなくて、やるなら全力で挑みたい。けど、今のスケジュールでは厳しいです」

正式な依頼と言って声をかけてくれたシュンくんに、中途半端な答えは出したくなかった。無責任な言い方にならないように気をつけることまではできたけれど、自分の口から、誰か他を当たってくださいとは言えなかった。できればやりたい。それは本心だったから。

シュンくんがせっかく一番に声をかけてくれたのに。そんな行き場の無い悔しさがつのって、唇を噛んで小さくなっていると、シュンくんがはっきりと言った。

「ギリギリまで削ればいける」

「え？」

「替わりが利きそうな案件は岩田さんに変わってもらって、プライベートも限界まで削れば、いけると思うよ」

「……そう、かな」

「そうだよ」

シュンくんが机に上の私の手を取って、グッと握った。

「メイさん、キャリアアップしたいんでしょう。スタイリストとして生きていきたいんでしょう？　――男と遊んでる暇なんて無いよ？」

声はいつも通りの優しい響きなのに、シュンくんの食い入るような眼差しには私を突き刺す針が仕込まれていた。

――男と遊んでる暇？

仕事の話をしていたシュンくんが唐突にそんなことを言った。まるで突然に石を投げられたような驚き。徐々に大きく広がる胸の波紋。そうして、ようやく何の話をしているのか気がついた。

――吉良さんのことだ。

途端に吉良さんの温かい空気を思いだす。けれど、シュンくんは冷ややかで厳しい目を私に向けている。

「あの俳優のことだよ。紫陽花市に来てたあの人。付き合ってるの？」

――付き合っては無い。吉良さんに仲良くなりたいと言われた。私も、たぶん、吉良さんのことを。でも、まだだ。吉良さんは私が『好き』になるのを待ってくれると言った。

その豪雨の夜を思い出して、だから、「まだ」と首を振った。

「……まだ、ね。最近そわそわしてるなって思ってた。口説かれたんだ？」

口説かれた……？　それは、そうだと思う。けれど、それと仕事の話とどんな関係があるのだろうか。そう聞きたいのに、シュンくんは疑問形で話を振っておいて私の返事は聞かずに淡々と続ける。

「かっこいいよね、あの人。背が高くって、顔も男前で、オーラがあって。まさに芸能人って感じだった。きっと過去には同じ芸能人のすっごい恋人がいたんじゃないの。メイさんはそう考えたことはない？」

考えたことはなかった。シュンくんに気づかされた。つい、今のことだ。

そうか。それもそうだ。あんなに格好いい吉良さんがどうして私を。一緒にいるとなぜだか居心地がよくて、吉良さんが私に好意を寄せてくれていると感じる、それが全てだと、そう思っていた。

「あの人はメイさんのこと、本当に好きなのかな？　どんな言葉で口説かれたかは知らないけど、メイさんみたいな普通の女の子が珍しいだけじゃないの？」

喉が鳴った。飲み込んだ空気が氷のように固く冷たかった。

「今はいいよ。恋の始まりは楽しい。けどいつかきっと、メイさんはのめり込んで、身勝手な男に振り回されて、ぼろぼろになる。相手は芸能人だよ。業界人とゴタゴタして仕事に支障が出ないとも限らない。仕事相手と揉《も》めるスタイリストだってレッテルを貼られて、干されたりしたらどうする？　スタイリストの夢まで遠退いたらメイさんには何が残るの？」

シュンくんの言葉には容赦がない。重たい言葉をひとつずつ耳に入れられて、お腹の底から冷たい息が出る。

何も言い返せない私を見て、シュンくんはふーっと細く息をついた。眉間に入った力を抜くようにゆっくりと目を閉じて開いて、そしてまっすぐに一枚の紙を差し出す。Ａ４のコピー用紙に文字が刷られたそれは雇用契約書だった。ざっと目を通しただけでも今の待遇と違うのは明らかだ。時給、役職手当て、そして『スタイリストとして――』という文言。シュンくんは私を買ってくれている。私が夢に見る将来像の一端を、シュンくんが握って、引っ張って、私の目の前に広げてくれた。それが最大限に表現された、まるで未来地図みたいな契約書だ。

「俺、夢に向かってがんばるメイさんことを応援してるんだ。……だから、お願い。道を間違えないで」

シュンくんの縋《すが》るような声。

――私の夢のことなのに。シュンくんどうしてそんな声で、そんな潤んだ目で見つめるの。

けれどシュンくんの、間違いもほころびもない言葉の前で、私の胸のなかはごちゃ混ぜで。まるで色付けを失敗した染め物よりもひどかった。

枠線からはみ出た花の赤は空をまだらに染め、御所車の車輪は歪《いびつ》に曲がり、どこへも進めやしないだろう。様々な色の鳥は黒くにじみ、きっとうまく飛ぶことはできない。

私の夢の世界を描いた反物はこんな色彩だっただろうか。

そんな胸の内を表す言葉は到底出てこずに、ただただ喉の奥が痛い。

「少しだけ考えさせて」というのが精一杯だった。

◆

大きな鳥居の前に立つ綺麗な女性が手を振っている。

北川さんだ。白い日傘を差す楚々《そそ》としたその姿はさながら一輪の百合の花だ。白いダブルガーゼのブラウスにネイビーのマリン風ワイドパンツ。顎のラインで揺れる黒髪は風鈴のように涼やかな風を感じさせ、彼女の可憐さを引き立たせている。

ため息が出るほど可愛いな。

小さく手を振り返して、ゆっくりと路地を進みながら立ち姿を見つめる。

あの可愛い女の子の待ち人は他でもない俺なのだ。そう思うと誇らしさで一段と胸が高鳴った。あの日、北川さんがあまりに可愛らしくてがっついてしまい、ドン引きされたのではと疑心暗鬼に陥っていたが、彼女のはにかんだ表情からは嬉しさみたいなものがにじみ出ているように見えて思わず目を擦った。北川さんは間近で俺を見て、ふわりと微笑んだ。

「吉良さんは白も似合いますね、爽やかでステキです」

北川さんは俺を有頂天にさせる天才だ。

今日の服装は『初めてのデート』をテーマにした。白地に若草色のボーダーカットソーに細すぎない白のパンツ。レザーのスニーカーとトートバッグは白に近い生成りをチョイスした。前髪はもちろん分けてある。全部、北川さんの好評を得たいからだ。北川さんが俺を褒めるとき、俺にはおおよそ不似合いな『爽やか』という言葉が混じる。

そこで気づいたのだ。もしかしたら服の好みも近いかもしれないと。

実のところ、髪型のみならず私服でさえも事務所から『色気を出せ』と指図され、仕方なくスタイリストさんに時間を割いてもらっていた。有能な彼が不在のときは『シンプルで大人っぽくて色気のあるコーディネート』などと指示されてもてんで意味のわからない謎々のようで。馴染みのショップに行ってマネキンコーデをまるごと購入してしまうくらいにファッションには疎いのだ。本当ならば、今日のような清潔感があってラフな服装が好みだった。俺に色気を求めない北川さんなら、本当の服の好みでぶつかっても受け入れてもらえるんじゃないかという願望に近い想いもあった。そして、誰にアピールするでもないが、凛々しい彼女に似合いの爽やかな男だと思われたいのだ。

そして今、まさに目論み通りの言葉で褒めてもらえて、ますます北川さんに夢中だ。

立派な鳥居をくぐり、緑が豊かな神社でお参りをして『北川さんが俺のことを好きになってくれますように』と力一杯に神頼みをしてから、脇道の商店街へと足を進めた。

公演のあとで取り付けたデートの約束は、買い物デートで落ち着いた。本当は海や高原へのドライブを楽しんでもよかったが、北川さんと是非行きたいところがあったのだ。

「わあ、すごい品揃え！」

一緒に訪れたのは馴染みの呉服店。昭和の風情だがこざっぱりとした店内は広く、小上がりに奥行きのある珍しい造りだ。手前に古着がならび、奥は既製品が棚に収められ、更にその向こうには新品を誂えるための反物がぎっちりと詰められていた。

そう、いつか趣味に理解のある彼女ができたら、一緒に呉服屋へ行くのがささやかな夢だった。

「吉良さんの行きつけのお店なんですか？　素敵なお店ですね！」

着物のことならなんでも知っていそうな北川さんが『いいお店ですね』と好奇心に目をキラキラさせている。グレーヘアの女性スタッフがほほえましげに北川さんを見つめている。臙脂色《えんじいろ》の紗《しゃ》の着物姿のその人は女店主で、祖母の友人だ。

俺がはじめて女の子を連れてきたのだ。いろいろと察してくれたのだろう。何も言わずに付かず離れず絶妙な距離で接客してくれている。

店の奥から新調した浴衣を持ってきてもらい、畳に広げる。

「注文していた浴衣を引き取りがてら、北川さんに帯を選んでもらいたくて。いいかな？」

「かしこまりました。精一杯勤めさせていただきますね」

北川さんはふふふと笑う。

畳の上で正座をする北川さんがカレンダー撮影の時の姿と重なる。あの時よりもずっとくだけた表情にグッと来る。こちらも自然と頬が緩んだ。

生地から誂えた浴衣は淡いグレーの綿麻に大きな筆で描いたような掠れた白のストライプ模様だ。古典の柄が数着揃ったので、今年は今っぽい作風の物を選んだ。

「あ、グレー！　いいですね。大胆な柄が背の高い吉良さんにぴったりですね！　これなら……」

北川さんはトレイに並んだ帯を丁寧な手つきで広げ、浴衣に添えて相性を確認している。いくつか候補を並べ、北川さんがチョイスしたのは白地に黒と茶の模様が入った絹の博多織と、裾絞りの黒い兵児帯だ。

「こっちの兵児帯がオススメですけど、もう持ってます？　モードな柄をカジュアルダウンさせる感じで使ってもらえるといいと思います」

北川さんに勧められて浴衣も着付けて試着すると想像以上にしっくりきた。洋服は爽やかな雰囲気が好きだが、着物はクールな雰囲気が好みだ。北川さんはその辺りもきっちり把握しているのだろう。仕事ができて素敵すぎる。

「いいね。さすが。兵児帯は持ってないし、これにするよ」

澄まして答えたが、その笑顔の下はいやしい心で満載だった。これを着て、地元のお祭りに行きたい。もちろん浴衣姿の北川さんと二人で。出店を回って、子どもの頃に遊んだ境内を案内して、手を繋いでぷらぷらと歩くのだ。お祭りにはしゃぐ北川さんはさぞ可愛いだろう。闇に乗じて物陰に連れ込んでも、キスくらいまでならかわいく怒って許してくれそうだ。

でも、あと二週間しかない。それまでの間に距離を詰められるだろうか。それが無理なら、その一週間後の花火大会をうちのベランダで見たい。もちろん浴衣姿の北川さんと二人で。キャンプ用の椅子に腰かけて二人ぴったりと並ぶのだ。力強くて儚《はかな》い花火に照らされる北川さんはさぞ色っぽいことだろう。そっと肩を寄せ合って、静かに見つめれば、意味深に瞳を閉じて、キスのおねだりなんかしてくれるかもしれない。控えめに言っても最高だ。どちらも夜なのが素晴らしい。うまく運べばその後も甘い夜を過ごしたい。

そんなことを考えていても、分厚い面の皮がいい仕事をしてくれているようで、北川さんは熱心に古着を広げては俺に見せ、柄の由来なんかを楽しげに話してくれていた。

会計を済ませ包装を待っている間にふと思い出した昔話をしてみた。

「実は、昔ここで岩田さんと出会ったんだよ」

ここは着付け師の祖母が懇意にしている店で、あの日も浴衣を受け取りに来ていた。もう五年も前の話だ。今はもう楽屋用にしている渦巻き模様の浴衣はその時に誂えたものだ。ずいぶんと着こんで今はもうすっかりくたくたになって優しく体を包んでくれる。

あの日、浴衣の仕上がりを確認していると呉服店に不似合いなサングラスをかけた派手なおじさんが近づいてきて、ご機嫌な様子で『お兄さん、いい柄の浴衣だね。自分で選んだの？』と話しかけてきたのだった。これが岩ちゃんとの出会いだ。後日談として聞けば、呉服店で浴衣を誂える若い男なんて希少種は絶対に知り合いにならないと！　と、この時点で目をつけていたらしい。ひとしきり浴衣について質問攻めにされたところで『暇ならこの後もう一軒行かない？』と呉服屋をはしごしたのだった。

「え、ナンパ？」

北川さんは声に出して笑った。

「それがもとで仲良くなって、カレンダーのスタイリングを岩田さんに任せたんだよ」

「へえ、そういうご縁だったんですね」

話をしながら北川さんの手の辺りを伺う。右肩に小さなショルダーバッグと手には日傘。ブラリと下げられた左の手をさっと握り、少し引っ張って自分側に寄せた。

はっと息をのみ、こちらを見上げた北川さんの愛らしいこと。頬が桃色に染まり、大きな瞳に吸い込まれそうだった。

「これからうちでお昼御飯にしない？　ゆっくり話したいんだ」

北川さんが驚いたようにこちらを見上げる。イエスともノーともとれない不思議な表情で固まって返事はもらえなかった。

あ、警戒してる？　それとも緊張？

それとも『いきなりおうちデート？　この人、手、早くない？』かな？

そう思うと一瞬で背中が冷たくなる。北川さんに嫌われたくない。でも、ずっとヘタレでは居られない。

「そうめんでいい？　ぱぱっと作るから」

努めて爽やかに尋ねると、北川さんは無言で頷いた。表情は固いままだがさらさらと揺れる黒髪から覗く耳がほんのりピンク色だった。そこに口付けたいのを我慢して、手を繋いだまま店を後にした。

◆

商店街のコインパーキングに停めてあった吉良さんの愛車に乗って、吉良さんの住むマンションへ向かった。

深いボルドーの国産セダンは学生時代に必死にバイトして買ったのだそうだ。大学三年生で芸能界に入る前は、芸事をなにひとつ身に付けていない普通の一般人だったと言うのだからとても驚いた。

でも、そう聞けば良くわかる。前々から感じていたが、吉良さんは芸能人ぽくないのだ。それはもちろんいい意味で。普通の人より特別にいい外見を笠《かさ》に着ないし、人気があることに対して謙虚だと思う。それでいて、仕事に対してとても前向きだ。きっと努力の人なのだ。そう思えば、ハンドルを握る横顔がますます凛々しかった。横目で何度か盗み見していたら、二十分程度の道のりなんてほんの一瞬だった。

吉良さんのお宅は住宅街の小綺麗なマンションで白とグレーを基調とした1ＬＤＫだった。

通されたのは十畳ほどのリビングで、大きな薄墨色のローソファが主役のように据えられていた。オットマンのある左側が吉良さんの指定席なのだそうだ。ソファの向こうの大きな窓から燦々《さんさん》と光が入り、ベランダのアウトドア用の椅子がちらりと覗いている。向かいの壁には大きなテレビが掛けられていた。

吉良さんは特徴が無くつまらない部屋だと言うが、余計な装飾が無いぶん家具のシンプルさが映えて、とてもスタイリッシュだ。大小様々な観葉植物がそこかしこにあり、モデルルームのようだと思った。

久しぶりに訪れる異性の部屋にそわそわする暇もないほどに吉良さんは手早くそうめんを作ってくれた。お誘い文句に違わぬ『ぱぱっと』した手際で。

掃除の行き届いたキッチンは自炊してる気配が溢れていて見ているだけで気持ちがい

い。麺類が何でも上手に茹でられそうな寸胴のお鍋を上手に扱い、切れ味のいい包丁で薬味をたっぷりと刻み、ついでにと、だし巻き玉子をじゅうじゅうと焼いてくれる。商店街のお惣菜《そうざい》屋さんで買った桜えびのかき揚げを添えて、立派な昼食が完成した。

私はといえば、キッチンカウンター前の特等席で吉良さんを眺めていただけだ。黒のサロンを腰に巻いた吉良さんは、それはもうかっこよかった。何度こっそりため息をついたことか。元々の色っぽさをストイックな黒いエプロンが引き立てているし、緑のボーダーカットソーが溢れる色気を絶妙に緩和して親近感を醸し出している。

こんなカフェスタッフがいたらきっとそのお店は大繁盛間違いないだろう。そして、結局スカウトされて芸能界で活躍しちゃうのではないか。きっとそうなるに決まっている。それほどに魅力的なのだ。それに加えて、吉良さんは無心に作業をしているかと思えばちらりと私を伺うように確認し、目が合う度に吉良さんがはにかむものだから、その色気にあてられて鼻血が出そうだった。

ダイニングテーブルで向かい合わせに座わり、キンキンに冷えたそうめんを一啜りしても、浮わついた気分は消えない。オーブントースターで温め直したかき揚げをザクザクと箸で割り口へ運び、桜えびの香ばしさに意識を集中させると、やっとのことで空腹を思いだし、食欲のままに手と口を動かした。

吉良さんは早々に食べ終えて、青い江戸切子のグラスで麦茶を楽しんでいる。

「本当は海辺をドライブしたかったんだけど、せっかく共通の趣味があるし買い物もいいなって思ったんだ。正解だったな。北川さんに帯を選らんでもらえて俺としてはすごく満足だよ」

吉良さんは話の流れをそのままにスタイリング料金はいくらだったかと尋ねる。箸を一旦置いて姿勢をただしてから、まっすぐに吉良さんを見つめた。

「……デ、デ、デート中のことなのでお代は頂きません。……馴染みのお店に……お、女将さんに紹介してくれて……う、うれしかったです」

嚙み嚙みなのは許してほしい。デートで、と言うのにすごく勇気がいったのだ。吉良さんは特別なのだと言いたかった。それに、吉良さんは私のことを呉服店の女将さんに『仲良くしている女性です』と紹介してくれた。グレーヘアの上品な淑女に『まあまあ！やるじゃない！』と満面の笑みで背中をばん！と叩かれていたのに驚いたが、お祖母さんのご友人だと聞いて納得した。そんな身内に近い人に紹介してもらえて嬉しかったのだ。

「あ、あの、浴衣を……あの帯で着たら……み、見せてください。写真でも、いいですから」

可愛い言い回しも思い付かず、頭に浮かんだままポツポツとこぼす。まっすぐに吉良さんを見ていられたのも数秒のことで、きれいな黒の瞳を見つめ続けるのはもう無理だった。下を向いても、心臓がバクバクと音をたてる。自分がヘタレなのを再認識してしまい落ち込んでしまう。吉良さんから返答がないので目線だけ上げると、凪《な》いだような不思議な表情だった。

「吉良さん？」

吉良さんはハッとして、グラスをごとりと置く。

「……んあ……ごめん！　ああ、もう。北川さんが可愛いこと言うから……天に召されそうだったよ」

かわいいこと？　天に召される？

よくわからず首をかしげていると、吉良さんは口の端をほんのり上げた。

「……デートって思っててくれてうれしいよ」

吉良さんは嬉しさを淡くにじませてほんのすこし微笑んだだけだったが、濃厚な色気が放たれたのがわかった。

いや、本当に鼻血が出そう。一晩を一緒に過ごした男女が二人で出かけて、それをデートと言わずして何なのだ！　と、吉良さんの謙虚さに突っ込みを入れたいところだったが、顔に熱が集まるのを感じてますます下を向いてしまう。

ううう。吉良さんがことごとくかっこいい。

吉良さんを好きだと気づいてから、吉良さんの放つ色気が以前よりもハッキリと感じられるようになった。呉服店で私にそっと寄り添う時も、商店街で手を繋いで歩く時も、吉良さんの周りに漂うそれをずっと感じていた。

光を反射した瞳の揺らめきさえもが意味深に映った。

これが吉良さんからだだ漏れだという色気の一部なのか。それともこれが恋なのか。そうならば、今までしてきた恋は一体なんだったのだ。

考えても考えても、さっぱりわからない。わかるのは、私の顔が熟れたトマトのように赤いということだけだ。

「北川さん。そうめん、もういいの？」

顔を上げると吉良さんは席にはおらず、キッチンに立っていた。

「わらび餅は入りそう？」

食後の楽しみにと、かき揚げと同じく商店街で買った和菓子屋の箱をこちらに見せる。

お腹は八分目でまあまあ膨れていたが別腹が発動すればなんてことはない。しかし、胸が一杯で、殊に甘味などは喉を通らなそうだった。

おやつ時でもいいかと尋ねると『じゃあ、お茶だけね』と麦茶のピッチャーを冷蔵庫から取り出した。

「俺も……北川さんの浴衣姿が見たいなあ。だから」

吉良さんはテーブルの脇まで来ると、空になった赤いグラスを取り上げて麦茶を注ぐ。

「今度、浴衣を着て一緒に夏祭りに行こうか。俺の地元の」

テーブルにグラスをコトリと置き、吉良さんは屈んで私の顔を覗く。肌から立ち上る温度を感じるほどに、近い。そんな距離で吉良さんはじいっと目を合わせた。前髪で覆われていない分、光彩までくっきりと見える。

「ね、約束」

あまりに妖艶な眼差しに、私は思わず口元を押さえた。

お腹が一杯になったところで、「まったりしながらいろいろ話したいから」と吉良さんに促され、ローソファの特等席で足を伸ばした。手際のいい吉良さんと優秀な食洗機の頑張りによって、あっという間にランチの片付けは終わっていく。手伝いたいと申し出る隙もなかった。オーディオからはゆったりとしたジャズが流れて、あまりの心地よさにいつの間にかうとうととしてしまっていた。

たらふく食べて居眠りをする図々しい私の髪を撫でる、大きな手。

それに気づくと、吉良さんは右端に座って手すりに肘を預け私を眺めていた。あの花の散ったナツツバキの木の、残った蕾を探すような、そんな眼差し。

二人の間をエアコンのひんやりした風がすり抜け、レースのカーテンを揺らしている。

「おはよう」

「……寝ちゃってごめんなさい」

「ううん、お泊まりした日は北川さんのほうが早起きだったでしょ。今日は寝顔が見られてラッキーだったよ」

「いいえ、お見苦しいものを」

「え、俺のほうが見苦しかったでしょ。朝は髭も生えるし。前髪もボサボサだし。色っぽさの欠片もなかっただろうなあ。幻滅されなかったか心配」

吉良さんのそれは謙遜ではなく本心のようだけれど、過小評価も甚だしいと思う。

あの嵐の過ぎた朝、吉良さんの寝起きの声は掠れてセクシーだったし、チクチクした髭も綺麗なお顔とアンバランスでドキドキした。もしＳＮＳへそのまま写真を投稿したら、あっという間に拡散されるはず。

「吉良さんでもそんなことを思うの」

「だって、人からどう見えているかよくわからない。仕事ならこう見せようって意図があるからそれに沿えばいいけど、素の俺はそんなに求められてない気がするから。色っぽいって一体なんだろうね」

――自虐じゃないよ、プロだからそれで構わないんだよって吉良さんは笑って、首をこちらに傾けた。

吉良さんの髪がふわりと揺れて、私の肩に触れそうで触れなかった。

こんなに魅力的な人でも、素の自分が求められてないなんて、そんな風に思うのか。それでもきっと、自分の力を信じてひとつひとつ積み上げて、今の立ち位置まで登ってきたに違いなかった。だってそうじゃなかったら、こんなに謙虚なはずがない。

「北川さん、寒くない？　エアコンの温度を」

「――私は、色気は――」

「――ん？」

「私は、吉良さんの色気はスパイス程度でいいと思ってるし、普通の、爽やかでおだやかで、今日みたいな吉良さんが――」

吉良さんが――と言って、我に返った。ソファの肘掛けに体を預けていた吉良さんが、いつの間にか居ずまいを正して私の顔をじいっと見つめていたから。

「――えっと、あの」

私はなにを。第一線で活躍している俳優さんをつかまえて、どんな売り方をしていたって吉良さんと一度仕事をすれば、どんな人かわからないはずがないのに。ぽっと出の私が偉そうに一体なにを。謝らないと、と言葉を探していると、見たことのない満面の笑顔が私の目の前で花開いた。

「うん、知ってる」

「え」

「ふふ、だって、俺を爽やかって言うの北川さんくらいだから。ありがとう」

「あ、私……」

「出会った頃の岩ちゃんなんて『何を食べたらハヤトみたいに色気が出る？　秘密のサプリかなんか？』って俺の食事内容まで聞いてきて」

「えっ、あっ、岩ちゃんがマイと出会う前かな。彼女が欲しいって言ってた時期があったかも」

優しい吉良さんに救われてもじもじしていると吉良さんは「そうだ、北川さんに言わなくちゃって思ってたことがあって。聞いてくれる？」と控えめに尋ねた。

私も姿勢を正してうなずく。

「実は、俺と岩ちゃんは親友でね」

吉良さんがそろそろと口を開き、ポツリポツリと語り始めたのは、呉服屋さんで聞いた話の続きだった。

例の岩ちゃんナンパから始まった二人関係はジェネレーションギャップをものともせずあっという間に蜜月へ。一時期は海外旅行なんかも二人で行っていたとか。岩ちゃんがマイと付き合うようになるまでは。ただしその時点でも私のことは知らなかったようで、初めての接点はやはりあのカレンダー撮影だったようだ。

「北川さんに送った手紙の話を岩ちゃんから聞かされて、本当に恥ずかしくて死にそうだった」

「……あ！　……ごめんなさい。勝手に見せたりして」

「いや、いいよ。請求書で送った俺が悪いから。お店に会いに行ったのは岩ちゃんの提案で、でも、決してシフトを知ってた訳じゃないから！　ストーカーじゃないから！」

とにかく、端々に岩ちゃんが絡んでいたことはよくわかった。吉良さんは言いにくそうにしていたが、端的に言えば、岩ちゃんが吉良さんと私をくっつけたいのだろう。

なぜだかわからないけど、きっと、自分を気心知れたメンバーで和気あいあいと遊びたいとかそんなところだろうなと予想はついた。岩ちゃんはジャンルに関係なく食べたいもの全部を食卓へ載せる。きっと人間関係も同様だ。面倒くさがりで欲張りで、一度に何でも味わいたいという人なのだ。食の好みは生き方に通じているというのが私の持論だ。

吉良さんは私の一件で岩ちゃんにはめられたと言ってもいいくらいなんじゃないかと少し気の毒に思ったほどだ。

「岩ちゃんを利用して北川さんを囲い込もうとした訳じゃないことは、わかってほしい」

公演の後に二人で食事したことも、我が家にお泊まりしたことだって岩ちゃんには言っていないという。吉良さんは膝の上で手を握りしめ、まっすぐに私を見つめた。目線の先にあるのは私の瞳だ。

大丈夫。そんな風には思わない。岩ちゃんはお節介だけど、人の機微には敏感で、決して嫌がることはしないし、吉良さんだって気遣いの塊だといっても過言ではないと思う。

「……吉良さんと仲良くなれてうれしいから、なんでもいい、です」

気恥ずかしくて膝を見つめながらそう言うと、肩にふわりと何かが触れた。目が合うと「ありがとう」と手を握られて、吉良さんの顔がゆっくりとこちらへ近づく。

——あ、これは、私、まだ
私が顔を逸らすと、息を飲んだ吉良さんの戸惑いが間近に伝わった。

「あっ、俺、ごめ」

「違うの。私も聞いて欲しいことがあって……」

そう、今日はその話をしにやって来たのだ。それは私と吉良さんのこれからのことだった。

「さっき吉良さんが誘ってくれた夏祭り、行けない」

「――え？」

漂っていた甘いムードを、私は自分でぶち壊した。

吉良さんの声が固くなる。もうそれだけで、決心が鈍りそうになるけれど、唇を噛んでなんとか堪えた。

「ごめんなさい、私、しばらく仕事に専念するから……」

今日、吉良さんに会う前から、私はシュンくんの依頼を受けようと決めていた。スタイリストとして成長するのに必要な仕事だと、自分で決めたのだ。

「十月に『レンタル和装・花山』のオンラインショップがリニューアルをするの。そのスタイリングを全部、店長が私に任せてくれるって……」

「……全部？　全部って、いったいどれだけ？　それって、すごいことじゃない？」

スタイリングの数は、提案の後に不採用される分も見込んだら、ざっと五十パターン、その後でブラッシュアップする分もある。スタイリングを決めるだけでなく、きっと撮影にも参加するだろう。基本はトルソーだけれど、モデルさんに着てもらうこともあるはずだ。細かい部分を計算するだけで、たった一か月では時間が足りないと想像できてしまう。

「まだ店長には正式な返事をしてないけれど、もし契約したら、スケジュールがギチギチで、プライベートな時間はなくなるかもしれなくて」

「……うん」

「それでも、私、引き受けようと思ってる。店長が私を買ってくれてるってわかるし、こんなに大きな案件は初めてだから、自分の腕を試してみたい。めいっぱい仕事をしてみたい」

「だから――夏祭りには行けない、ってこと？」

吉良さんの顔を見ずに、膝の上で握られたままの手を睨んで頷いた。

吉良さんが提案してくれた、二人で浴衣を着て手を繋いで歩く、そんなささやかな楽しみはもう淡い夢で。それどころかもっと酷いことも今から言わなければいけない。

「それだけじゃなくて、きっと、しばらく会えない。半人前の私は、前だけを見て、がむしゃらにやるしかないから。だから、プライベートは顧みないことにしたの」

吉良さんは何も言わなかった。沈黙が肩に乗って体が重い。でも、最後まできちんと伝えなくちゃ。

「だから、吉良さん。あの浴衣、今から、着てくれませんか」

私の右手を握る吉良さんの大きな手を、私は左手で上から包んだ。

「私が選んだ帯で、吉良さんがあの浴衣をきちんと着てる姿が見たい。……私が着付けてもいい？」

吉良さんはいいとも悪いとも判断がつかないような曖昧な表情でうなずいた。

のろのろと立ち上がって、ベッドルームから肌襦袢姿で現れた吉良さんは、明らかに困惑していた。自分はこれから何をされるんだろう。きっと、そう思ってるに違いない。

私は新しい浴衣と兵児帯、そして一本の腰ひもを受け取って足元へ丁寧に置いた。

「……吉良さんは自分で着られるって知ってるんだけど。どうしても、私が着せたいの」

糊《のり》の効いた固い浴衣を広げて、吉良さんの背後にまわる。すると吉良さんが腕をスッと袖に通し、そのまま肩にかける。そして、衿《えり》を整えやすいように黙って腕を開いてくれた。

着物を着慣れている人に声掛けはいらない。阿吽《あうん》の呼吸で着付けができる。カレンダー撮影の時にも、この人はやっぱり、と嬉しくなったのを思い出す。まだなにも知らない五月だった。吉良さんと二人で会うようになるなんて思いもよらなかった。

撮影にまつわるあれこれを思い出してくすりと笑うと、吉良さんがほんの少しだけ柔らかな声で話し出す。

「……北川さんの着付け、着てすごく楽なんだよね。なんでだろうなあ」

「ふふ、嬉しい。私の着付けはタエさん直伝だから」

――タエさん？

吉良さんが聞き返して、タエさんの姿がくっきりと頭の中によみがえった。白髪交じりの髪をピッチリとまとめた姉御肌の、私の師匠。

吉良さんの胴回りに腰ひもを掛けて、交差させて、絡める。

「タエさんはお師匠さんなの。着付けの市民講座で教えてもらって。初めて着付けをしてもらったときにその快適さに感動しちゃった。着物って重くて動きにくいイメージだったから」

兵児帯を腰骨に二周させて、蝶々《ちょうちょう》結びにする。そして長く垂れた片方を結び目に掛ければおしまいだ。男性の浴衣は、女性を着付けるよりも簡単に、あっという間に着せられる。

「タエさんが、私をこの世界に引き入れてくれたの。お元気かな。また会いたいな」

会社員時代に通った市民講座はもうない。タエさんとも、もうしばらく連絡を取っていなかった。そんなことを思い出しながら、衿、袂《たもと》、乱れやよれがないか、一つ一つ確認する。後ろにまわって、背中に少しだけよったシワをぱんと伸ばす。

完璧だ。時間にして五分そこそこといったところだろう。きっと、タエさんに見せたって恥ずかしくない手際だったと思う。

「はい、出来上がり。お疲れさまでした」

吉良さんのしなやかに伸びる背筋が、眩しい。眩しくて、ちょっとだけ苦しい。だって、涙がこぼれそうだから。

「北川さん？」

吉良さんの背中にくっついて、おでこを擦り付けた。

「吉良さん、ちょっとだけこうしててもいい？」

「え、っえ、え？」

「ね、このまま、聞いてくれる？」

吉良さんが、え、あ、ええ？　なに、と戸惑う声を聞きながら、何度も深く息を吸った。

「好き」

声が、震えた。

「好きだから、っ……吉良さんのこと」

二言目はつっかえた。でも、はっきりと、正しい発音で、聞こえるように言えた。

「吉良さんの、まっすぐで、努力家なところが好き。一緒にいると、胸があったかくなる。そんな穏やかなところが好き。好きだから、待ってて欲しいの。秋まで、十月まで。仕事をやりきったら一番に会いに来るから」

吉良さんの背中にくっつけたおでこから、吉良さんの呼吸が伝わってくる。規則正しい、ゆっくりとした、柔らかな動きが、言いたいことを最後まで伝える勇気をくれた。

「それまで私のこと覚えててくれる？」

最後の最後で、涙が出た。カッコ悪い。

優しい吉良さんの同情を引きたくなかった。だって、私の言ってることはあまりに自分勝手で、欲張りで。吉良さんに、待ってて、なんて言えるような、そんな価値が私にあるかわからない。でも、さよならなんて口が裂けても言いたくない。

「……待たない。待つわけないよ」

ぐらりと体が揺れる。吉良さんに強く腕を引かれて、温かい胸に抱き止められた。

「待つなんて嫌だ」

ぎゅう、と腕が絡み付き、息が詰まる。そんな私の代わりに、吉良さんが苦しそうな声を絞り出した。

「北川さんが俺のことが好きって聞いたら、一秒だって待っていられない。今すぐ俺の彼女になってよ。――なってくれたら、どんな繁忙期だって、少しぐらい会えなくたって耐えられる。どんな短い時間でも、夜で朝でも、一瞬でも顔が見えるのなら俺が会いに行く。だから……」

骨張った指であごを取られて、強引に視線をぶつけられる。ちょっとだけ怖い顔をしていた吉良さんが、息を飲んで、目を見開いた。頬を流れて滴る涙を、吉良さんが浴衣の袖でやさしく拭ってくれる。

「仕事と俺と、どちらかにしなきゃって、迷ったの？」

こんなことを聞かれて、頷いたらカッコ悪い。けれど、気づいてくれた吉良さんにはわかって欲しくて、ゆっくりと瞬きをした。

「迷って、それでも諦めないでくれたんだ？　北川さんのキャリアを左右するような大きな仕事と俺を天秤《てんびん》に掛けて、それでも、俺も欲しいって、そう思ってくれたの？　勇気を出してそう言ってくれたの？」

二度目は瞬きできなかった。目をぎゅっと瞑《つぶ》って、喉の奥の嗚咽《おえつ》を我慢するのが精一杯だったから。

「北川さん。すごくうれしい。ありがとう。俺も北川さんが好きだ」

吉良さんは私の濡れた目尻に唇を付けて、今度は「メイが好きだ」と私の名を呼んだ。

吉良さんの声が震えたような気がして目を開くと、潤んだ瞳が万華鏡のようにキラキラ光り、涙が一粒溢れてこぼれ落ちる。

カッコ悪いな、と吉良さんは私のあごを捕らえた大きな手で頬を拭った。

「本当は、初めて会った日にはもう好きだって思ってた」

潤んだ瞳から新たな涙がこぼれ落ちる。長いまつげはしっとりと濡れ、吉良さんの想いを伝えるには充分だった。

「メイが俺のことを好きになってくれないかなってずうっと思ってたんだ。しばらくは片想いで仕方ないって覚悟してたのに。会えないって言うからどうしようって思った。でも、そんなに、俺のこと……」

涙を拭ったあとの、赤らんだ目で熱っぽく乞われる。

「ね、彼女になってくれる？　俺はどんなにメイが忙しくったって、絶対にメイを諦めたりしないから。わがままを言ってメイのキャリアを邪魔するようなことはしないから。俺を好きって言ってくれるだけで、充分だから」

いつだってスマートに見える吉良さんが、感情そのままの顔で、余裕のない声で、私にめいっぱい語りかける。そんなの、もう頷くしかない。

「うん。なりたいよ。吉良さんの彼女になりたい」

吉良さんはわずかに喉をならすと、私の手を握って手の甲に頬擦りする。そして、まぶたを閉じて口づける。指先、手首の小さな骨、腕の内側と順に何度も何度も唇をそっと押し付けていく。吉良さん唇は肘を通り、二の腕の柔らかい肉を優しく食み、ブラウスの袖口まで行き着くと、私の顔にもうずいぶんと近かった。濡れ羽色のまつげが開演を告げる幕のようにゆっくりと上がる。感極まった涙とは違う熱っぽい潤みを湛えた黒い瞳に、私が映った。

そっと肩を押され、そのまま後ろへ倒れ込んだ。二人の重みをソファが受け止めてくれたお陰でさほどの衝撃もなかった。

吉良さんが私のうなじに顔を埋めて、スリスリと顔を擦り付ける。まるで大型犬が胸に飛び込んできたようだ。

「可愛い、メイ、大好き……」

可愛いのは絶対的に吉良さんだ。

おずおずと吉良さんの背中に手を回し、いつかの吉良さんがしてくれたように背中でとんとんと優しくリズムを刻む。吉良さんのぬくぬくとした熱に包まれ、胸はドキドキと音を立てるが不思議と心地いい。堪らず、ほう、と息を漏らすと、吉良さんは顔をあげた。

「……もう。どうせまたリラックスする、なんて思ってるんでしょう。こっちは呼吸が浅くなるくらいドキドキしてるのに」

吉良さんは恨みがましい物言いで私を責めたが、頬が赤いから可愛く拗ねているようにしか見えない。

「ううん、吉良さんにドキドキしてるよ」

「本当に？」

「うん。だって、振られるかもって思った。あの浴衣が最後の着付けになるかもしれないって覚悟してたんだから」

「ウソだ。そんなわけ」

私は黙って首を振った。

きっとめちゃくちゃモテて女の子はより取りみどりのはず、それに吉良さんを待たせるなんて失礼な女はきっといない。けれど、そう言ったって吉良さんは肯定しないだろう。私だってそんなこと言いたくないし、無駄な問答をしたくない。だったらもう、この話はおしまい。

私がもう何も言わないのを見て、吉良さんは拗ねたように眉根を寄せた。

「ね、ハヤトって呼んで」

吉良さんは抱きついたまま、再び私の肩に顔を埋めた。

「えっと……ハヤト……さん？」

私が小さく呟くと吉良さんがいやいやと首を振る。吉良さんの柔らかい髪が頬をくすぐる。

「違う」

「じゃあ……ハヤト……くん？」

吉良さんはぎゅうとしがみついてくる。

可愛い人だなあ。そんなことを思いながらその柔らかな髪の中に指をいれてわしゃわしゃと優しく撫でる。私は意を決して、耳元で小さく小さくささやいた。

「ハヤトくん、大好きだよ」

恥ずかしさをこらえて絞り出したのに、吉良さんは微動だにしない。

「ハヤトくん、ねえ」

何度か呼び掛けると、私をソファの座面へ押し付ける重みが不意に退く。その瞬間に、二人の唇がそっと触れあった。

本当に触れ合うだけのキスは角度を変えることもなく、フワッと降りてきてフワッと去っていった。時間にして二秒とか、そんな感覚だった。

もう少しキスしていたかったなと、離れていく顔を見つめながら当然のように寂しく思った。

「あ、あの。ハヤトくん、もっと……キス……したい」

ハヤトくんは口を半開きにして固まったが、すぐに真っ赤な顔で眉をしかめた。

「なにそれ。俺を試してるの？」

ハヤトくんは両手で顔を覆って悶えている。

「えっと……前の続きを……。前ね、ハヤトくんが、私がハヤトくんを好きになったら続きをしようって、そう言ってたから……」

指の隙間から覗く目が大きく開かれる。そっか。そうだったなあ。と吉良さんはブツブッ言って、あっという間に穏やかな表情で悠然と微笑んだ。

「今日は、仕事はいいんだね？」

「うん。……今日は一日、ハヤトくんの日だから」

「ふうん、じゃあ続き、しよっか」

ハヤトくんが妖しげに口角を上げる。ぶわりと色気が溢れるのを感じて、身震いする。

本当に、色気の出力ってどうなってるんだろう。普通にしていれば爽やかな人なのに、ここぞというときには目を離せないくらいの艶やかな空気がにじみ出る。

もともとソファに横たわっていて逃げ場はないのに、この目で見つめられれば甘い蜜が心に絡みつき、もう逃げられないという諦めに身も心も支配されるのだ。

ゆっくりと顔を近づけてくるハヤトくんと目を合わせていられなくて、まぶたを閉じる。甘い甘いキス。嵐の夜よりももっと深くて熱っぽい。

口のなかはすでにハヤトくんにくまなく舐められて、頭の奥がじんじんとしびれる。

ハヤトくんの重みを身体で感じながら、とろけてしまいそうな快感に身を任せた。

◆

嵐の夜の続きを——なんておねだりしてしまったけれど、レース越しに見える空は青く、そんな甘い雰囲気とは無縁な気がして、なんて大胆なこと言ってしまったんだとあっという間に恥ずかしくなった。太陽の出ている時間に、こんなに明るいリビングのソファで、浴衣姿のハヤトくんと、そういうことになってしまうなんて、目がちかちかするほどのとんでもない状況の連続に思わず目を瞑った。

口づけを交わし、息継ぎの数だけハヤトくんの前髪が揺れる気配を感じる。キスの角度が変わる度に、空気がふわふわと私のまつげをくすぐり、まるで優しく撫でられてるみたいだ。

「メイ、メイ、好き……」

舌を絡め合う、その合間に私の名をこぼすハヤトくんは、どうやって息を吸っているんだろう。私には酸素が足りないのに、のし掛かる肩を叩いて押し返しても「メイが誘ったのに、逃げたらだめだよ」と顔を優しく両手で包まれて、ハヤトくんのキスを受け入れるしかなかった。

歯の粒を一つ一つなぞって、絡んだ舌を吸われ、奥歯の歯茎をくすぐるハヤトくんの熱い舌は、私のいいところを探すみたいに丁寧にあちこちを探る。そうしてすぐに弱点を暴かれて、思う存分刺激されるのだ。苦しくも癖になる甘さに、ハヤトくんをもっと受け入れたくなって、口を一生懸命に開けてしまう。

口の中をゆるゆると泳ぐ熱い舌が、頬の裏をくまなくなぞり、唇の端を舐め、ようやくハヤトくんの元へ戻った。ハヤトくんにされるがままに愛でられ、その頃にはもう私の頭は蕩けきって動くことも出来なかった。

「っ、はあ、メイ、真っ赤だ……かわいい。深いキスが好きなの？」

ハヤトくんの吐息が混じった言葉はまるで香水みたいに脳をくすぐる。息ができない苦しさもやさしく甘く絆《ほだ》され、ぼんやりとかすんで忘れてしまう。

「ねえ、メイ？」

ハヤトくんの指先が私の唇をなぞって、返事を催促する。その視線が、指先が、思わせぶりで、セクシーで。——ああこれは嵐の夜のちょっと意地悪なハヤトくんだ。なんて思ったのは余裕があるからじゃない。視覚も触覚もめいっぱいハヤトくんだけで、まるで近すぎて焦点が合わないようなぼやけた感覚。酔っているわけじゃないに、ほわんとしてなんにも考えられない。ただただ、このますべてを委ねたら気持ちいいかも、嬉しいかも、と小さく頷いた。

「とろんとしちゃって。なあに、もう一回する？　ふふ、かわいい」

くすぐったそうにこぼれる吐息と一緒に落ちてきた唇からはすぐに舌が這《は》い出して、ねっとりと熱を与えてくれる。

甘くて、とろとろで、もっと欲しくて。そんなハヤトくんの口づけを堪能している隙に、ブラウスの裾からあたたかい手が入り込んだ。しっとりとした手のひらがおへそを撫でて、するすると脇腹を上り指先がアンダーバストをぐるりとなぞった。そしてあっさりとホックをはずされる。あまりに簡単に胸が解放されて、なんだか心もとなくなってしまう。

「あ……」

身じろぎすると、背中を撫でた手があばらをなぞり、あっという間にささやかな胸を包んだ。驚いて体をひねったら、その隙間を使ってふくらみをゆっくりと揉みしだかれる。唇はまだハヤトくんに食べられたまま。

「ん、む、んっ、んん」

器用に胸の先端をやさしく弾かれて、ぴりぴりとした刺激に吐息が揺れてしまう。けれど、もっともっと重く疼《うず》くのはお腹の奥のほうだ。

それを知ってか知らずか、ハヤトくんは機嫌よく何度も何度もそれを繰り返す。淡い刺激が幾重にも重なって、はっきりと形を見せた快感に私は飲まれてしまった。合わせた唇の隙間から漏れた私の声はずいぶんと甘えた響きで、顔が熱くなった。

「――んあ、ふあ、ううっ、んぅ」

「っはぁ、かわいい。もっと声をききたいな。こっちも触っていい？」

いつの間にかワイドパンツのジッパーは下ろされて、緩んだウエストから手が滑り込んできた。

――あ、そこは……。

ハヤトくんの愛撫に勝手に期待をした私の体が、すっかり下着を濡らしていた。

それをハヤトくんに知られてしまうのかと思うと、めまいがするほど恥ずかしい。知られたくない、と内股に力がはいったけれど、ハヤトくんの指は下着の線を思わせぶりになぞったあと、そこを素通りして太腿を撫でた。ほっとしたところへ、震える内腿を指先が掠り、あぁ、と声がこぼれた。

「ふふ、すべすべだね……どんなに綺麗か見せて」

体を起こしたハヤト君にワイドパンツをすぽんと抜かれて、剝き出しの足にエアコンのひんやりとした風が触れる。けれど、それを差し引いて余りある熱い視線。控えめな喉仏が小さく上下して、ハヤトくんが息を飲んだ。

「――ねえ、メイ。爽やかじゃない俺でも好きでいてくれる？」

そう言って乱れた前髪をうっとうしそうにかきあげると、赤くなった目元があらわになった。頰もほのかに紅潮して、唇だって赤い。もう、めちゃくちゃに色っぽかった。

浴衣は着崩れていない。胸元がしっかりと合わさった新品の浴衣はパリッと清々しい雰囲気なのに、対照的な湿度の高い表情。お腹の奥がぎゅうっと疼いて、甘くしびれた。

「メイが可愛すぎて、たぶん、何も加減できない」

伸びてきた手にブラウスを剝ぎ取られ、下着を剝かれ、大きな体が迫ってきた。

――魅入られるって、きっとこういうこと……。

ハヤトくんの燃えるような瞳にさらされ、本当は恥ずかしくって目をつぶってしまいたいのに、ハヤトくんの仕草から目が離せない。また苦しくなるとわかっていても口づけをめいっぱい受け入れてしまうし、ハヤトくんの瞬きが私の頰を掠るだけで、媚びた声が漏れてしまう。

ハヤトくんの手が身体中を這い、唇が雨のように降ってくる。

「あ、はあ、っあ、っあ、ふぁ」

「かわいい、かわいい、メイ、好きだよ」

熱い手が膝を割って、内腿を撫で上げていく。それを阻むものは何もなく、あっという間に蜜を滴らせるそこへたどり着いた。ゆるゆるとあわいを撫でた指先が浅く中を探って、音を立てる。

「すご。メイ、とろっとろだよ」

「や、新品の浴衣が、汚れちゃう、シワに、なっちゃう」

「じゃあメイが脱がせてよ。俺はメイを可愛がるので忙しいから」

浴衣の襟に手を掛けてはだけさせようとすると、胸の先端を指先でカリカリともてあそばれ、悲鳴がこぼれた。

「あっ、ああ、や」

「ほら、頑張って」

「う、ん、ああっ、ああ！」

もう片方の手が、濡れそぼった私の中を丹念にこすり上げる。浅く、深く、私の反応を見ながら、より声をあげるところばかりを狙って。

とたんに手の力が抜けて、ハヤトくんにすがり付いてしまう。お腹の奥からあふれる甘い痺れに、頭がとろけてしまいそうだった。

それでもなんとか兵児帯に手を伸ばして、ほどこうと試みる。震える手で結び目を緩めると、ハヤトくんの甘ったるい声が耳の中へ響いた。

「ねえ、メイ。どんな気分？　俺に選んでくれた帯を自分でほどいて、着付けてくれた手で浴衣を脱がしていくのって。――俺は、最高だよ」

そんな意地悪なことを言っておいて、ハヤトくんは掠れた声でたまらないといった風に言葉をこぼした。

「今、やっとメイのものになったんだって噛み締めてる」

――私の、ハヤトくん……？　この人の美しさ、可愛さ、色っぽさを、私のものって言ってるの？

その言葉にかあっと脳が沸騰する。腰が砕けつつも兵児帯の結び目はなんとかほどいて、腰ひもを緩めることはできた。けれど、こんなに密着して、なおかつ、あちこちを愛でられていてはすべてを巻き取ることなんてできるはずもなく。紐はただただゆるくまとわりついて、衿の開いた浴衣は肩が出ている。鎖骨が、首の筋が、肩の筋肉が男らしくて、きれいな顔が熱に染まっていて……。これじゃあ、妖艶になるようにただ演出しただけだ。

「ハヤトくんが、色っぽすぎて、も、無理」

目を両手の甲で隠して悶えると、ハヤトくんは小さく小さく、やった、と呟いた。そうして私の手を絡めとり指先を食んだ。ぬるりと熱い舌を感じて、ひゃ、と声をあげると、ハヤトくんはそれはもうあでやかに微笑んだ。

「俺の色気がやっと通じた？　もうずっとそのままでいて。溺れてて」

ハヤトくんの顔が首筋に埋まり、じゅうと音を立てる。ぴりっとした痛みがたぶんキスマークなんだと気づくと、お腹の奥がますます疼いて大きく喘《あえ》いだ。

「あーあ、もう、待てない。汚れていいから、このまま挿《い》れさせて」

ソファの肘掛け辺りに手を伸ばしたハヤトくんは背を向けて、取り出した避妊具を装着しているようだった。

それでもまだ浴衣が汚れてしまうのを諦められない私の手を取って、片手でまとめて頭に上に縫い付ける。そして、もう片方の手が太腿を開いたまま優しく押さえた。

はだけた浴衣に隙間からハヤトくんの熱塊がチラリと見えて、ハヤトくんが大きな男の人なんだと、ここでやっと怖じけづいた。

――色気にあてられて何も見えてなかった。ホントにひとつになれるの？

ずり上がろうにも、脚を閉じようにも先手を取ったハヤトくんに阻まれている。

「メイ、挿れるよ。痛かったら言うんだよ？」

「あ、うう、ん、ん」

「――っ。ああ、メイ、メイ、俺が中に入っていくの、わかる？」

「う、わかる、ああ、まって、ゆっくり」

「ゆっくり？　うん、……できるかな」

大きな塊が確実に私の中を埋めていく。少しずつ挿れてくれているのに、狭い道をこじ開けられて、甘い疼きと切迫感に息が詰まる。

ハヤトくんは私の呼吸を観察しながらゆっくりと腰を進めた。ぐっと入ったかと思うと少しだけ戻り、今度はより深めに入る。みっちりと埋まっていくのは少し怖い。でも、抜けそうになると途端にさみしくなる。苦しさと気持ちよさの中間で、息だけが荒くなっていく。

「痛くない？　苦しくない？」

少しずつハヤトくんを受け入れて、その度にそう聞かれる。は、と熱いため息をつきながらも心配そうなハヤトくんを安心させたくて、何度も頷くと、その数だけ口づけが落ちてくる。

「ハヤトく、っ大丈夫、大丈夫、だから、もっと」

「……もっと？　いいの？　――ほんっとに、煽り上手なんだから！」

残り半分を力任せに挿られて、大きな快感に殴られたようだった。中が狭かっただけで、私の一番奥はハヤトくんを待っていたみたいだ。ぐり、とハヤトくんの熱杭《ねっくい》で最奥をこねられ、快感にしびれる。何度もそこを刺激され、悲鳴みたいな声で鳴いてしまう。

「ここ弱い？　ねえメイ、教えて？」

顔を両手で固定されて、鼻先でハヤトくんが色気をこぼす。ぐりぐりぐりと腰を押し付けて私を乱して、ますます色っぽく笑う。

「あー、かわいい。かわいい」

「あっ、あっ、あっ、あ、やだ、なんか、へん」

「……変？　……ああ！　いいね、ほら、俺を見て。そのままそのまま、嫌がらないで、気持ちいいのから逃げないで」

「あっ、あ、あ、あ〜」

　ハヤトくんは優しく確実に、奥を刺激する。ぐりぐりぐり、ぐりぐりぐりと、私を追い詰める。腰を揺すりながら私を食い入るように見つめるハヤトくんは、私がいやいやともがいても、きれいな形の唇をちょっと持ち上げるだけで、手加減なんてしてくれない。感じたことのない濃密な痺れ。限界までせりあがる大きな快感にハヤトくんの浴衣を掴んだ。目の奥がチカチカと光り、頭の芯がビリビリと痺れて思考が侵食される。そして、大きな声を上げて、真っ白な海へ投げ出された。

「わ、力いっぱいイけたね。こんなにぎゅうぎゅう締め付けてかわいいなあ。もう動いていいよね？」

　力が抜けて横たわるだけの私に、ハヤトくんが体ごと覆い被さり、抱き締められて揺さぶられる。ハヤトくんストロークにあわせて粘着質な水音が聞こえる。ソファのスプリングも苦しそうだ。けれど、それはどこか現実味に欠けていて。はじめて達した余韻をさらに快感で塗りつぶされて、ハヤトくん以外何も感じなくなっていた。

「――――っああ、や、また」

お腹のなかを抉《えぐ》る熱杭の勢いは衰えず、ぎゅうっとそれを食い絞めて、また、達した。

ハヤトくんは熱い息をこぼしながら、何度も何度も私の中を穿《うが》った。

「メイ、メイ、メイっ、好き、ああ、やば」

ハヤトくんが私の頭を抱えてめちゃくちゃに口づける。そして、いっそう激しい腰使いで奥を叩く。

「んん――っ、む、ん、んぐっ」

ハヤトくんは悶える私をぎゅうぎゅうと抱き締めるとひときわ早く腰を打ち、びくりと体を波打たせ、ああー、と息をついた。

「っは、あ、あ、ああー。メイまだ中がびくびくしてる。もう、かわいいんだから」

汗を滴らせよれた浴衣で微笑むハヤトくんは、カレンダー撮影のびしょ濡れ姿よりももっと扇情的で、体も頭も茹だりきった私は、もう指を動かす力もなかった。

「メイに会えなくて寂しくなったら、この浴衣を着て、今日のこと思い出すね」

ハヤトくんは私のおでこにキスをくれてから体を起こし、着崩れた自分の痴態を見て苦笑いした。

「あーもう、このまま飾っとこうかな。何て言うかさ、シワに臨場感があるよね」

「……おせんたく、して、ぜったい……」

私が息も絶え絶えに絞り出した言葉に、ハヤトくんは声を上げて笑った。

第八章　恋の邪魔者

「……で、両想いになって安心して、家に帰した、と」

タクの冷ややかな声が氷の刃となって胸に突き刺さった。涼しげな視線はいつも通りだが、失態を責められているのは明らかだ。

タクは細いビアグラスを持ったまま口を付けようともせず、俺を睨んでいる。漂う冷気はきっと空調では無い。

――タクがゲームのキャラだったら間違いなく氷属性の魔法使いだろう。なんて思っていたら、淡い茶色の瞳さえも冷たい光を放っている。視線がビリビリと痛い。凍えそうだ。

「……え、ダメだった？」

午後からオフだった者同士で帰り道に一杯飲んでいる。そういえばあのスタイリストとどうなった？　と聞かれ、仕方がないから、渋々、適宜はしょって本当にザックリと答えたことが発端だった。本当は恋バナをするのは苦手だが、答えずにいると帰らせてもらえないことは明白だからだ。タクは本当にしつこい。

『恋敵のいる職場へ乗り込み連絡先ゲット、商店街のお買い物の後おうちデートになだれ込み、仕事と俺とで決断を迫られたメイを口説いて相思相愛を確かめ合った』そう話したが……これの何がいけなかったのか。

「ダメじゃない。バイト先に乗り込んで恋敵にメンチ切ったのも、電話番号を聞いたのも、根性据わってんじゃんって見直した。それで、付き合うことになったことも大変喜ばしい。純情なハヤトにしては、よくやった」

メンチは切っていないが、まあいい。電話番号もメイが聞いてくれたのだが、正直に言ったら確実に面倒くさいことになるから、これも言うまい。

「じゃあ、なにが」

「メイちゃんが仕事かハヤトかって言い出したの、明らかにその店長のせいだろ。そいつの仕事にかこつけた妨害だって気づけよ。ばーかばーかばーか。その流れなら『会う時間がないならうちに住めばいいじゃん』って閉じ込めて同棲《どうせい》一択！　ツメが甘いんだよ！」

ここはタクの家の近所にあるスペインバル。店内はオレンジのランプがところどころに灯り落ち着いたムードだ。大人たちが和やかに歓談する空気を壊さないようにタクの罵声は最小音に調節され、聞こえているのは俺だけだろう。けれど、言葉のチョイスがよろしくない。ばーかばーかばーかってなんだ。小学生かよ。つーか、人の彼女をメイちゃんって呼ぶな。

そう言い返したかったが、お冠のタクにたてつくほど強くは出られない。なぜなら、身に覚えがないわけではなかったからだ。

「……はい。すみません」

実は、俺もそんな気がしていたのだ。けれど、メイと両想いになって、体を繋げて。それで大満足だった俺は、メイを家まで送った帰り道にようやくそれに気づいたのだ。あの店長、私情を挟みまくりじゃ……？　と。

しかし時すでに遅し。いや、付き合った初日から同棲ってどうなんだ。嫁入り前の大事なお嬢さんを預かるのなら、さすがにあちらのご両親にひとこと断りを入れるべきだろう。

タクにそう言うと「昭和の人間かよ」と盛大なため息をつかれた。

それにしても、同棲。なんていい響きだ。

タクの言うことも一理あると思う。会う時間が捻出できないのなら一緒に住めばいいのか。

脳内にメイが現れて、「ただいま」「おかえり」と微笑んだ。仕事終わりでちょっとくたびれたメイは色っぽいだろうし、シャワーを浴びた後の濡れ髪で出迎えるメイだって鼻血ものだ。どちらのバージョンもイイ。

うっとりと妄想へトリップしているとタクがジト目でこちらを眺め、つまらなそうにビールを呷った。片想いは卒業して晴れて恋人としてお付き合いをすることは共通認識となったのだから、そんなに呆れなくてもいいと思う。けれど、俺が反抗するそぶりを見せなかったのがよかったのか、お説教タイムはビールグラスが空になる前に終わりを告げた。

「で、田崎さんには報告したの？」

タクは面白くなさそうにチーズをつまむ。店内はまあまあ混んでおり、頼んだ料理はまだ来ていない。

「ああ、明日にでも。事務所に寄るから直接報告しようかな。まあ、何にも言われないと思うけどね」

「そういうところ、マジずるいよね」

「日頃の行いだと思う」

ここ数年、女性関係が皆無な俺を心配したマネージャーの田崎さんは『お前はエロいイメージで売ってるんだし、多少は浮き名を流してもいいんだぞ？』と、ことあるごとに勧めてくれる。女性との経験値は演技の肥やしになるとかならないとか。俺にはわからない理論だが。とにかく、法に触れたり、不倫だったり、特殊性癖が世間に露見したりしなければと、ある程度の自由を与えられていた。

その自由を行使する機会もその気もなかったが、とうとうその時がきたのだ。北川さんは未婚の一般人だし、年齢だって問題ない。むしろ推奨されるか安心されるかだろう。

タクはと言えば、マホちゃんと出会う前までの素行が誉められたものじゃなく、しばらくおとなしくしていろと釘《くぎ》を刺されていた。だからタクは面白くないのだ。

「今はマホちゃん一人だけだし」

「今は、な」

「えー。もう付き合って四か月だよ。真面目なお付き合いでしょ」

あ、真面目に付き合ってんだ。セフレかと思ってた。

喉元まで出かかった言葉を飲み込んだが、どうやら伝わったらしい。舞台上では阿吽《あうん》の呼吸がこっちも裏目に出た。タクは氷の眼差しで口を歪《ゆが》めて笑う。

「ハヤトさあ、そんなゆるんだ顔して危機感足りてないんじゃないの。その店長、メイちゃんの事、かなり好きだろ」

「うう」

俺がうめくとタクはチェシャ猫のようにニヤニヤと笑った。

「ふーん。仕事とか言ってメイちゃんとハヤトを引き離して、その間に店長はメイちゃんを奪い返す算段なんだろうね。リニューアルのリリースまで二か月しかないとかおかしいもんな。……あ！『余所見した罰だよ』とか言ってさ、お仕置きプレイするんじゃない？エッチが盛り上がるやつじゃん！……俺もしたことないや。やば、楽しそう」

「やめてくれ、不愉快すぎる」

考えたくもないことを具体的に語られて、不快感に目眩がしそうだ。ぐうっと目を閉じて手で顔を覆うと、タクはそれに満足したのか、機嫌よく笑って『冗談だよ』とうそぶいた。

届いた料理をつつきながらタクとマホちゃんの惚気話《のろけ》に耳を傾けていると、田崎さんから電話がかかってきた。

『ハヤト、今から事務所来られる？』

マネージャーの田崎さんから直電なんて珍しい。事務所の沿線でタクと飲んでいると伝えると、事務所に寄るのは俺だけでいいと言う。

「急ぎ？　明日でよければ事務所によるけど？」

周囲の迷惑にならないように小声で言うと、田崎さんは逆に大きな声ではっきり言った。

『週刊誌から写真と記事の掲載許可依頼がきてる。女の子とデートしてる姿、撮られてるぞ』

◆

七月が過ぎ、もくもくとした入道雲が恨めしくなるような気温の中。大きなスーツケースを引きながらも、私は足取り軽く現場へ向かった。

今日の仕事はグラビアアイドルの握手会でのスタイリングだ。妹のマイが出演するからと自ら仕事を取ってきてくれたのだった。その握手会はマイの所属事務所が開催するファンサービスのひとつで、ちょっとしたトークショーと握手会が毎年この時期に行われているらしい。今年は衣装に浴衣が選ばれ、ならばとマイがスタイリストとして私を紹介してくれたのだ。持つべきものは頼れる身内である。

マイは私より早くに親元を離れて苦労している分、フリーランスの私のことも気にかけてくれる。密かに尊敬している優しい妹。けれど、私の仕事のことを心配させてしまっているかと思うと、複雑でもある。マイといい岩ちゃんといい、私に甘い。ありがたくもあり、それでいて少しだけ苦しい。

それはさておき、今日は特別なのだ。ギャラを頂きながらセクシーで可愛い、あるいは儚げなのに艶やかなグラビアアイドルを四人も着付けできるだけでなく、衣装の浴衣一式は事務所の買い取りで、ボーナスがわりに彼女たちへプレゼントするというのだからスタイリングにも力が入ったのは言うまでもない。

特別な時を彩るレンタルの高価な着物もいいが、気軽に所有できる浴衣は別格に楽しい。気負わずに何度も着られておしゃれの幅を広げるのにもってこいだし、何より浴衣姿の女の子は可愛い。老いも若いもみんなだが、今日は特に可愛い女の子を四人も担当できる。感無量だ。事前に取ったリクエストを念入りに精査して、事務所の提示する予算内で、誰もが納得する内容にできたと自負している。

今日はその総仕上げ、握手会当日である。一時間もすれば開場し、ファンが席を埋め始めるだろう。開場時間へ向けて楽屋では準備の真っ最中だ。私は着々と着付けをこなし、ヘアメイク中村さんも奮闘中だ。

「マジか――！」

完璧な浴衣美人に仕上がったアヤカちゃんが鏡台の前でスマートフォンを片手に天を仰ぐ。色白美人にお似合いの青紫の生地に牡丹の浴衣だ。

「密かに推してたのにぃ！」

突然の雄叫びに、何々？　と楽屋のあちこちから声が飛ぶ。

「吉良ハヤトの熱愛報道きたよ、これ……」

アヤカちゃんはスマートフォンの画面を隣の鏡台でくつろぐマイへ向ける。すでに着付けの終わったマイは黒地に虹色のアゲハチョウがひらりと舞う華やかな浴衣姿で、ヘアセットの順番待ちをしていた。

マイは「週刊誌の有料ページじゃん、課金したの？」と驚きつつ、ハッキリと表題を読み上げる。

「旬の俳優・吉良ハヤト熱愛発覚！　一般女性のA子さんとお忍びデート！」

「ギャー！　ヤダー！　ハヤトさまぁ！」

吉良ハヤトという名前と熱愛という文言に引っ掛かりつつも、深く考える間も無く金切り声の主にスマートフォンが奪われる。マイの後ろから現れたのはキョウコちゃんだ。白地にユリ柄の色っぽい浴衣姿でワナワナと震えている。

「ガセ？　ガセ？　ガセって言って！」

「お相手は一般人って書いてあるし真偽のほどまではわからないね。でも個人的には清楚系アイドルよりはマシだよ。あの子たち、私たちを目の敵にするくせに中身はエグいくらいに肉食だからね」

アヤカちゃんはさっきとは正反対の暗い調子で呟く。その表情は過去に嫌なことでもあったんだろうかと勘ぐりたくなるほどに苦々しい。美人が唐突に般若の顔になり、あまりの迫力に思わず息を飲んでしまった。

「一般人とか言ってさ、ミスキャンパスとか読者モデルだったりするんだよ！　それ、一般人じゃねーし！」

「一般人でも、ＣＡとか、企業の広報担当とかじゃない？　吉良ハヤトは才色兼備が好みなのかなぁ。才は持ってないわー。胸しか無い」

アヤカちゃんの豊かなお胸は着こなしのため補正下着で少しだけ潰したが、今でもなかなかの存在感だ。うらやましい。

「でも、今まで何もなかったのが不思議なくらいだよ。あのエロさで草食だったら逆にがっかり。一般人じゃなくて人妻とか喰っててこそ、吉良ハヤトでしょ？」

すました顔でそうのたまうのは私が着付け中のミリちゃんだ。桃色の花がちりばめられた愛らしい浴衣がお似合いの女子高生だ。年齢にそぐわない達観したその発想にマイのへアセットの準備を始めた中村さんがホットカーラーを片手に笑いだす。

「人妻って。確かに。吉良さんは前に一度だけ担当したことあるけど、すごい色気だったよ」

アヤカちゃんとキョウコちゃんの可愛い口から『いいなー、会いたーい』とため息がこぼれる。

「あれ、マイはどうだっけ？　ハヤトさまのファン？」

キョウコちゃんがそう聞くとマイは首を振る。

「私は同じ劇団の柳瀬タクのほうが好みかな。色気より色白美少年！」

「私も！　あの見た目で二十六歳とか意味分かんないよね！　美の秘訣《ひけつ》を聞きたい！」

柳瀬タクといえば、ハヤトくんと同じ舞台に立っていた涼しげな顔立ちの俳優だろうか。マイとミリちゃんは彼のほうが好みらしい。自然と話題がハヤトくんから逸れて、なんとなく少しほっとする。

それにしてもハヤトくんが週刊誌に載っているのか。しかも熱愛というプライベートが記事になるなんて。十日前に会った時は身近に感じたというのに、こんな時、やっぱりハヤトくんは本当に俳優なんだなあと感心してしまう。

「その記事、有料みたいだけど、信憑性《しんぴょうせい》は高そうなの？」

けれどこの手の週刊誌の内容なんて眉唾物だと私は一度も信じたことはなかった。熱愛だなんて書いてあっても、大抵の場合は、一瞬を切り取った写真だけを材料に想像力の限界に挑むような嘘が連ねられる。要はそれっぽく見せて、話題になれば何でもいいのだ。業界人はそれをわかっているはずなのに、アヤカちゃんもキョウコちゃんも大いに熱くなっている。

「メイさん！　吉良ハヤトは今時ＳＮＳもやってないし、公式からの情報も少ないから、どんな情報も無駄にできないんですよ！」

前々から面識のあったアヤカちゃんが私の質問に力説で返してくれる。必死に訴える興奮した様子も浴衣に映えてとてもイイ。

　浴衣は今でこそ余所行きのおしゃれ着のように着る人も多いが、元々は湯上がりにさらっと身に付ける部屋着ぐらいのカジュアルな服装なのだ。すましてニッコリするだけじゃなく、日常の表情だってとても合う。ハヤトくんの情報をイキイキと教えてくれるアヤカちゃんはとっても可愛らしかった。

　そうか。ハヤトくんはSNSをしていないのか。付き合いはじめてまだ十日。あのデートの日以来ハヤトくんには会っていないので、まだまだ知らないことばかりだ。

「写真も鮮明だし、もしかしたらやらせかハニトラかもね。こんな白昼堂々とデートとかするわけ無いし。吉良ハヤトが映えるのは断然夜でしょ」

「柳瀬タクがたまに上げるSNS写真もBLぽくていいよ。いつも仲良しなの眼福なんだよねー」

　柳瀬タク推しのミリちゃんがうっとりと呟くと、マイがキョウコちゃんからスマートフォンを受けとって画面をスクロールする。後ろからなんともなしにそれを眺めると、件の写真が目に入った。色鮮やかな緑の木々と大きな鳥居の神社で寄り添う男女だ。女性は小柄な黒髪でショートボブ。後ろ姿で顔が判然としないが、その服装には激しく覚えがあった。

　ん？　あれ？　あのシャツ？　あのパンツ？　あの日傘？

　もしかしなくても私だろうか。ハヤトくんと神社、そして商店街。身に覚えが有りすぎだ。

少し背伸びをしてこっそり覗こうとした瞬間にスマートフォンはもとの持ち主の手に戻り、それは叶わなかった。

「ねえ、この神社どこかわかる？」

「神社と商店街がセットなだけじゃ特定できないよー。ちょっと検索するかぁ」

「自分が特定されるのは嫌だけど、知りたい気持ちもわかる！　ジレンマ！」

焦り始める私をよそに、ハヤトくんのファン二人は場所の特定に忙しい。

もしアレが私なら記事に書かれた商店街デートは事実だ。表題と写真しか確認できていないが、今の時点でこの記事は眉唾物でなく本物のスクープだったと判明してしまった。

なんてことだ。私だって当日は人目が気になり、街でデートなんて大丈夫かと尋ねたが、ハヤトくんは『服装も髪型もいつもと違うから誰も気づかないよ』と楽観的だったのだ。

ハヤトくん！　全くもって大丈夫じゃなかったよ！　不味いことになってるよ！　すでにハヤトくんのファン二人が目の前でやきもきしている。その二人に『A子はたぶん自分だ』と言えば首を絞められるかもしれない。マイの姉だということを差し引いても、嫌がらせや平手打ちの一つくらいはお見舞いされるかもしれない。

いいや、私はまだいい。ハヤトくんの仕事に差し支えたらと思うと本気で笑えない。若い俳優が熱愛報道なんて不利益にしかならないのではないか。

ＣＭなんかは契約内容にプライベートの縛りもあると聞くし、事務所との契約に違反があったりしてペナルティが何倍にもなったら、どんなお詫《わ》びをしたらいいのだろう。ハヤトくんは事務所に呼び出されて対応に追われているのだろうか。私の焦りを知るよしもないスマートフォンは静かなものだ。

記事を熟読したアヤカちゃんの矛先がこちらに向いていないことを考えれば、Ａ子が私だとは特定できないようだが、今さら記事を読ませてほしいとは言えなかった。何かの拍子で『あれ、Ａ子と髪型が瓜《うり》二つじゃね？』となってはやぶへびだ。

仕方がない。皆を送り出したら、私もあの記事を読んでみるしかない。とにかく私も情報がほしい。眉唾でも嘘でも、どこまで知られているか確認しなければ、この手の震えは収まりそうにない。なぜ自分の記事を課金してまで読まなければならばいのか。自分の後ろ姿にそんな価値があるとは思えないし、ハヤトくんだって表情さえもわからないほどの小ささなのだ。こんな記事にかける数百円があれば『レンタル和装・花山』で可愛いレースの足袋が買えるのに。暗澹《あんたん》たる思いでミリちゃんの帯を締め上げた。

◆

四人分の浴衣一式で一杯だったスーツケースは無事に空っぽになり、タイヤは軽快な音を立てる。お陰で古いエレベーターにありがちな扉下の隙間にも車輪が落ちることなく、あっさり乗り越えられた。守衛さんに会釈してビルの入り口を出ると、からりとした空気が半袖の肌に触れる。

握手会は大成功に終わり、四人のグラビアアイドルは艶姿そのままに打ち上げへ行くらしい。麗しい美女たちとは楽屋で別れてきた。

本当なら今夜はマイと岩ちゃんと食事の約束をしていたはずだったのに、急遽、予定は無くなった。仕事終わりにスマートフォンを見ると、岩ちゃんから『急用ができた』というメッセージが届いていたのだ。つまりはドタキャンである。本当はマイに改めてお礼がしたかったのに。楽しくて胸がドキドキするような、私ひとりでは手が届かない仕事をとってきてくれたのだから。

——ここのところの大きな仕事はコネばかりだな……。

入道雲になりかけの中途半端な雲を見上げて、大きく息を吸った。岩ちゃん、そしてマイ。優しい二人が身近にいる私は幸せ者なのだ。幸運は実力のうちだと喜べばいい。でも。でも。だって。つまらない言葉がこぼれそうで口をつぐむ。

スタイリストの仕事の後にため息はつきたくない。趣味が高じて仕事になった、それだけで十分幸せだ。けれど、目指す頂は雲の向こうだと泣きたくなるのはなぜだろう。

ふと、ハヤトくんの歌声が甦《よみがえ》る。あの演技、あの歌唱力で、数年前まで素人だったなんて。努力と才能、それらは隣に並べて比べるものでないけれど。いやそれよりも、あのデートをパパラッチされたことが気にかかる。ハヤトくんは大丈夫なんだろうか。

「メイさん、お疲れさま」

ビルのモニュメントの前でシュンくんが待っていた。ついさっき来たばかりなのだろう。黒のシャツに汗の余韻は無くパリッとしたままだ。時刻は夕方だが空気は依然むしむしとしている。

「岩田さんとマイさんと焼き肉の予定だったんだって？　岩田さん、急用ができたからメイさんと二人で行ってきてって」

シュンくんはチケットをヒラヒラさせて笑っている。

「シュンくんと？　それは聞いてないけど」

岩ちゃんからもらったと言うチケットを見せてもらうと、確かに岩ちゃんの行きつけのお店の商品券だった。それにしてもどうしてシュンくんと？　岩ちゃんが急用ならリスケで構わないのに。なんならハヤトくんに渡してくれてもいいのに。

岩ちゃんの意図を図りかねたが、どのみちあの報道の後なのでハヤトくんと会うことはできないだろう。

スマートフォンの通知を確認すると、岩ちゃんからは「ドタキャンすまん」の一言。ハヤトくんからのメッセージはない。記事についてあちこちから怒られたりしていないかと想像するだけで、胃がじんわりと痛んだ。

「吉良さん、干されるかもね。」

私の心を代弁したかのような、シュンくんの声だった。ビックリして見上げると、目が合ったシュンくんはつまらなそうに口の端を歪めた。

「それで、A子さんになった気分はどう？」

「――シュンくんまで課金して読んだの？」

「写真が見たかったから仕方なく。メイさんだって信じたくなかったなあ」

シュンくんはわざとらしくため息をついて頭をかいた。

――そう、あの週刊誌。会員登録までして読んだ記事は想像通りだった。長々と数ページに渡って書かれていたが、要約すれば数行だ。俳優吉良ハヤトが神社と商店街で堂々デート。お相手は一般女性（28）。都内在住の会社員で知人の紹介で知り合った癒し系美女。付き合って一か月。商店街デートの後に吉良宅へ向かい、お家デートを楽しんだ。

……ということらしい。

アヤカちゃんやキョウコちゃんの矛先が私に向かないはずである。

半分くらいは当てずっぽうかと思うくらいに適当だ。年齢も違えば、あの写真の瞬間はまだお付き合いもしていなかった。

自分が編集者ならば、記者に『きちんと裏は取ったのか』と問い詰めたい。いや、私が編集者でなくてよかった。真実が晒されてしまうところだ。

しかしというか、なんと言うか。もっとエグい嘘か、リアルな私生活が暴かれているのかと思ったが、薬にも毒にもならない内容だったのには拍子抜けした。唯一、写真だけは鮮明だったが、正直五百円も払う価値はない。ハヤトくんのファンでない人なら課金したことを悔やむレベルだ。

「あの記事、今日が更新でしょ。あの人から何か連絡あった？」

訳知り顔でシュンくんが私に問うが、仕事中はスマートフォンを携帯していないことが多いらしいからきっとそれどころではないのだ。

「……後で電話してみる」

「言い訳も無しか……。メイさん、利用されたんじゃないの」

なんてことを言うんだ。何も知らないくせに。

可能な限りに目を剝いてシュンくんを威嚇するが、シュンくんは意に介さず飄々《ひょうひょう》と続ける。

「ドラマのプロモーションかもね。秋から連ドラでダブル主演らしいじゃん」

ダブル主演のドラマがあるのか。そう言えば、しばらくは撮影で不規則な生活になるかもと電話で言っていたことを今さらながらに思い出した。

「それで、元気無いんだ？」

「え？」

「しばらくあの人に会えないもんね？」

「え、ああ、うん」

「違うの？」

シュンくんの問いには答えずに、駅に向かって歩きだす。

「メイさん、焼き肉、あっち。バスで行くほうが近いよ」

「せっかく来てもらったけど気分じゃない。それにシュンくんと二人だなんて、彼に悪いから」

「え、彼って？　付き合い始めたの？　待ってよ」

シュンくんが私の前に立ちはだかってスーツケースを奪った。ちょうど横断歩道の信号が赤になってそれを躱《かわ》すことができなくて、シュンくんを見上げた。

「ねえ、メイさん。付き合い始めたの？　あの人と」

まただ。シュンくんの、クールな表情に似合わない、縋《すが》るような声。

「じゃあ、俺との仕事は？　返事をもらおうと思って来たんだよ」

「明日正式にするつもりだったよ。シュンくんとの仕事もする」

「プライベートも仕事もどちらもって、それじゃあ時間が足りないでしょ。どうするの」

「……ハヤトくんには、仕事が落ち着くまで待っててって言った。プライベートは後回し」

「――へえ。あの人が待つって言ったの？」

「だから、店長。スタイリングの件、精一杯勤めます。よろしくお願いいたします」

姿勢を正して頭を下げた私に合わせて、こちらこそよろしくとシュンくんはお辞儀をした。そして、ふうん、と片方の口の端を上げる。

「……二人の関係が進展しないのなら、ひとまずは上々の結果、かな」

「え、上？　もう焼き肉の話？」

シュンくんが呟いた何かは聞こえなかったけれど、なんだか機嫌がよくなったような、そうでないような。

「え？　そう、そう！　焼き肉のこと！　ねえ、引き受けてくれるなら、なおさら焼き肉に行こうよ。新しいサイトのことを打ち合わせしよう。メイさんの責任者就任のお祝いでもいいし」

「そんなの、いい」

「どうしたの。そんなに俺と焼き肉が嫌？」

「……そういうんじゃ、ない」

岩ちゃん、マイに引き続いて、次の大きな依頼はシュンくんだ。今度もまた、私の実力じゃない。友達、妹、バイト先。みんな身内びいきが過ぎている——なんて卑屈なことを言えるわけもなく、ただただ、ため息を飲み込むばかりだ。

分かっている。これは私の心問題だって。自分で欲しいと手を伸ばしたくせにその幸運の大きさに怯《ひる》んでいるだけだって。

「メイさんが悩んでいること、上司の俺が聞いてあげるよ。ね、早く行こ。暑いし、ビール飲みたい」

「打ち合わせって言っておいてビールを飲むんだ？」

「じゃあ、新部署の懇親会でいいよ」

「まだ二人しかいないじゃない」

「メイさん、わかんないかなー。理由はなんでもいいってことだよ。ほら、焼き肉！」

シュンくんがスーツケースを引っ張りながら、横断歩道とは逆にずんずんと進んで行く。そのシュンくんの背中を追いかけてふとよぎる。シュンくんはあんな風に前だけ見て自分の新事業を引っ張っていくんだろうな、なんて。

私は荷物のない空っぽの手を見て、はあ、とため息をついた。

◆

＊＊＊＊＊＊＊＊＊＊＊＊
週刊誌の件は大丈夫ですか？　心配してます。時間ができたら電話したいです。

それと、報連相です。店長と焼き肉に行ってきます。断りきれずごめんなさい。

岩ちゃんのドタキャンで代役を頼まれたようです。

どうして店長だったのか、岩ちゃんに会ったら問い詰めておきます。

帰ったら連絡しますね。

18:40
＊＊＊＊＊＊＊＊＊＊＊＊
連絡ありがとう。

まだ撮影が終わらない（涙）

局内の食堂でカレーライス中。

焼き肉は旨かった？　俺も食べたい。

週刊誌の件はビックリさせてごめんなさい。迷惑はかかっていませんか。

こちらは全く問題ないので安心して。

本当ならメイが彼女になってくれたことを全世界に発表したいくらいだか

……と、ここまでポツポツと入力したが、すべて削除し、スマートフォンをごとりとテーブルに置いた。

すでに午後八時になる。もう二人は網をはさみ美味しい焼き肉を楽しんでいるのだろう。

はじめこそ『メイからメッセージだ！』と喜んで返信をしたためていたが、メイの文面を読めば読むほど、寛容な彼氏を演じることはできなかった。一度は目をつむって「俺は彼氏俺は彼氏俺は彼氏」と無敵の呪文を唱えたが、やはり看過できない。

店長と焼き肉だと……？　しかも岩ちゃんが絡んでいるだと？

メイのメッセージをコピーして岩ちゃんへ送りつけると、トーク画面に『すまん、店長には借りがあって』の一言が表示された。

「……おい!!」

画面に映る岩ちゃんのアイコンに突っ込む。思ったより大きな声が出たことに驚いて、顔を上げ辺りを見回す。幸い夜の食堂は昼間よりも人が少なく周囲は空席だった。

ホッとするも、同じテーブルで斜向いに座る事務所の先輩俳優だけが苦笑いできつねうどんを啜っていた。撮影中のドラマがダブル主演とうたわれているのを知っているが、真の主役はどう見ても佐々ケンジさん、この人だ。

「奇声を上げてすみません」

「珍しく熱くなってるなあ。例の彼女？」

「……そんなとこです」

「その顔色。さっそく浮気された？」

「…………」

——親友は俺を裏切り恋敵に手を貸した。彼女は、俺との仲を妨害する上司と二人きりで食事——客観的立場で説明するにしても悲惨すぎる状況だ。一人称で語ろうとすれば尚更だった。それをどう説明するか思案していると、ケンジさんはおいおい本当かよと愉快そうに笑って、ぽつりとこぼした。

「浮気を阻止しに行くにもまだ撮影は終わらないし、ままならないよなあ。こんな仕事してるとプライベートはズタズタよ」

ケンジさんほど魅力的な男を俺は他に知らない。

狼《おおかみ》のような野性味のある美しさ、演技賞をいくつも受賞する才能、ラジオにレギュラー番組を持ち、中身も男気溢れるケンジさん。そんな人でも、過去に何か辛いことがあったのかと言葉の続きを待つが、ケンジさんは意味深に笑い、汁の滴るお揚げを食んでいる。

ケンジさんが言うほど俺のプライベートはズタズタではないが、メイと店長がプライベートで会うのを阻止できないことは非常に歯がゆい。いくらガードの固いメイだって、身内である店長に対してはくだけた表情を見せるだろう。あの可愛い笑顔を勘違いした店長に口説かれていやしないだろうか。

誰のお膳立てであろうがそれをぶち壊して、メイを回収しに行きたい。しかし、撮影は終わる目処も立たず、社員食堂で歯噛みするだけである。彼氏だなんだと唱えても、結局この場は店長の勝ちなのだ。

「ハヤト、お前、スゲー顔」

ケンジさんは相変わらず愉快そうだ。ケンジさんは箸を置き、ごちそうさまと手を合わせるとニカッと犬歯を見せる。

「まずは電話したらいいんじゃねーの？　休憩はまだ十分あるし？　このとおり、周りに人もいないし。愛の言葉くらいささやけるだろ」

頭の中では休憩の残り時間とこっそり電話する場所を調整していたところに、先輩からの素晴らしい助言だった。

「ここで、今、いいんですか？」

「構わんよ。大いにやってくれよ」

ケンジさんは優しい。人として完璧すぎて怖いくらいだ。

「その代わり、この場で振られたら俺のラジオのネタにさせろよ。誰だかギリギリ分かる程度には匿名にしといてやるから」

「誰だかわかったら匿名じゃないですよ」

「週刊誌に撮られてソッコー振られるハヤト、ちょっと見たいから、早く電話しろよ」

「……振られませんから！」

前言撤回。ケンジさんの人間性は完璧では無さそうだった。

◆

スマートフォンを耳にあて、メイの弾む声を待っていた俺の期待は、むざむざと裏切られた。

『お電話ありがとうございます。レンタル和装・花山でございます』

スピーカーから聞こえる男性の声に驚いてスマートフォンの画面を確認すれば、『北川メイ』『通話中』の文字が点灯していた。聞き覚えのある声、聞いたことのある店の名前。

不躾な視線のイケメンの顔が結び付き、思考が一瞬のうちに沸騰する。

――店長だ。どうして勝手にメイの電話に出たんだ。一緒に食事をするのみならず、俺の貴重な癒しの時までも邪魔しようというのか。

「……店長さんですか。お話をするのは初めてですね。他人の電話に勝手に出るのは感心しませんが……メイはそこに居ますか？」

『はは、メイさんなら、シャワーを浴びてますよ？』

挑発に乗ってはいけないとわかっているが、こうもあからさまに敵意を向けられれば、喧嘩《けんか》上等と啖呵《たんか》を切りたくなるのが人情だ。

「後ろがガヤガヤいってますけど。ずいぶんと賑やかなご自宅ですね。直にロースのタレが届くんですか？」

『あーあ、聞こえちゃった？』

店長は心の底から残念そうに呟いた。スマートフォンのマイクは店員の声やざわめきをしっかりと拾い個室では無かったのだと少しほっとする。しかし、一回しか会ったことがない相手にこの挑発だ。俺のことが相当気に入らないらしい。そんなことを言うのなら、俺だって言いたいことぐらいある。

「メイから聞いたと思いますけど、お付き合いを始めたので、そこのところを記憶にとどめておいてくださいね」

余裕のポーズを保ちつつ俺が選ばれたのだとほのめかすと、ガタリと音がして、後ろの喧騒が遠退く。店の隅に寄ったのか、店内から出たのか。先程までとは違う、怒気を含んだ大きな声で『あんたさあ！』と詰め寄られた。

『あんな写真を撮られておいてよく彼氏とか言えるな？　メイさんが特定されてプライベートが晒されたらどうすんだよ。あんたと違って普通の女の子なんだ。わかってんのか』

「それに関しては申し訳ないと思っているけど、特定されないように手は打たせてもらいました」

声のトーンを抑えてゆっくり話すことで、何事にも動じない冷静な態度を演出する。

『そんなことできるなら記事ごと潰せよ。店に迷惑電話の一本でも掛かってきたら、正式に抗議してやる』

店長はキレているが、きっとそんなこと起きないだろう。なぜなら、週刊誌へ掲載許可を出す代わりに、出版社に色々と条件を飲んでもらったのだ。

彼女の情報にはフェイクを混ぜることや住まいや職業の詳細を書かないこと、立ち寄った商店街の店への個別インタビューは削除すること。事務所としては俺の異性関係なんて関知していないも同然だし、そのまま記事にしてもらってもよかったが、秋にスタートの連ドラの宣伝も兼ねたらいいのではとドラマのプロデューサーにも根回し済みだった。

すべてが整ったのが昨日のことだ。昨晩、俺が寝落ちさえしなければ、記事が出る前にメイにも事前に連絡できたのだが。ここのところのハードな撮影のせいで疲れ果て、帰宅してそのままベッドに倒れこんでしまったのだった。

もしかしたら、メイが不安がって店長に相談したのだろうか。メイの困ったような表情が目に浮かび、自分ではない男を頼らせてしまったことにジリジリと胸が焼かれるようだった。頼って貰おうにも忙殺されている自分にそう思う資格はあるのだろうか。

「そちらこそ、仕事にかこつけてメイを囲い込むのはどうかと思いますが。……ああ、仕事とでも言わないと店長さんはメイに会えないんでしたっけ」

メイに、仕事と俺を天秤に掛けさせたことを知っていると暗に揶揄《やゆ》して、お前は片想いで俺は両想いなのだと、二人の立ち位置にしっかりと線を引いた。——これで勝ちだと、そう思った瞬間、店長がくすりと笑ったのだ。

『そうだ、吉良さん。メイさんの悩み、聞いてあげてないんですか。彼氏なのに？』

——悩み？　なんだそれ。仕事か恋愛かと選択を迫ってメイを泣かせたのはあんただろう。

『かわいそうに、端からみても元気がなかったんで、俺が代わりに聞いておきました。うん、ああいう話は彼氏には言いにくいのかな。ま、相談できる相手が近くにいるのはいいことですよね』

なんのことだと、声をあげようとしたところに店長が被せる。

『悲しげなメイさんってちょっとセクシーですよね。慰めて、腕の中で温めてあげたくなっちゃうなあ』

声が出ない。何か言おうと口を開くが、湧き上がってくるのは言い返したいという衝動だけで、言葉という形にならない。

『まあ、今日はきちんとタクシーで帰らせますよ。明日も店番で会うから急ぐこともないですし』

こちらの様子が見えるかのように、店長は機嫌良く告げる。

『ああ、メイさんが吉良さんに飽きるまでは静観しますが、仕事にパパラッチ……次に会えるのいつになるんでしょうねえ。その間、メイさんが寂しい思いをしないように俺がメイさんの一番近くに付いてるんで、イケメン俳優さんは安心してお仕事してくださいよ。まあ、メイさんの隣はそう簡単に渡さないんで、そこのところを覚えておいてくださいね。……あ、メイさん戻ったら折り返しの電話をさせますね。じゃあ失礼します』

通話が切れた。手が震える。

目の前が真っ赤に染まり、汗が吹き出し、心臓が痛いほど音を立てる。

店長は身を引く気が全くない。むしろ、メイに面倒な男が付きまとっているとアピールして、俺の気持ちを挫こうとしているのだ。

「おい、ハヤト?」

呼ぶ声にはたと現実に戻ると、ケンジさんが視界の下の方に位置している。気づけば、立ち上がり、座っていた椅子は後ろで仰向けに転がっていた。大きく息をついて、呼吸を整える。椅子を戻して座り直し、ぬるくなったコップの水を飲み干した。

「彼女と喧嘩……って感じでもなさそうだな」

俺が落ち着いたのを見計らって、ケンジさんは静かに尋ねた。彼女がバイト先の上司に懸想されていて、いちいち邪魔をして来るのだと、かい摘んで説明する。

「ふーん、そいつに舐められてんのか。相変わらずヘタレだなあ」

バカにするような言いぐさだが、ケンジさんの目の奥が不穏な光を放ったように見えた。何か思うことがあるのだろうか。

「……今のままじゃあ、ダメだろうなあ」

そう、ケンジさんの言う通りだ。外堀を埋めて北川さんに選択を迫り、相手をおちょくって喧嘩を売る。人の気持ちを考えずにそんなことをされれば優しい俺だって黙っていられない。相手が徹底抗戦の姿勢を見せているのならばこちらだって。本当の俺を受け入れいつでも温かい気持ちをくれるメイから、手を離すつもりは微塵もないのだから。

覚悟を決めたと同時に、小さな閃《ひらめ》きが頭を駆け抜けた。俺がメイを包み、腕のなかで笑っていてもらう方法を。それをケンジさんに耳打ちする。

「……おお⁉　正気か？」

「正気です。協力してもらえませんか？」

「ハヤト。お前、彼女に本気なんだなあ！　発想がお前らしくなくて最高にいいよ！」

ケンジさんは破顔する。さっきの不穏な眼差しはどこへやらだ。

腹に力を込めて気合いを入れる。本当に欲しいもののためならば、俺はなんでもできる。

「社長はなんて言うと思う？」

「宣伝になれば特に問題無いんじゃないすかね。出版社と掛け合ってくれたのも社長ですし。俺は元々アイドル要員じゃないからキャラ的に多少汚れてもいいんですよ」

「なら、俺は構わないよ。事務所に根回しはしておけよ」

ケンジさんは狼のような黒い瞳をキラリとさせて、いたずらっぽく笑った。

人生を賭けた企みに強力な味方を得た瞬間だった。

第九章　愛しい訪問者

スマートフォンのスケジュールアプリを立ち上げて数えてみる。一、二、三……。十月まではあと一か月とすこし。その中で、休日とカウント出来るのは、残すところ三日だ。

――意外とあるな。ハヤトくんに連絡……いや、ダメダメ。

サクっという着信音が響いて、スケジュール帳の上にメッセージが表示される。

『メイ、元気？　今日は午後から撮影なんだ。いってきます。そろそろ声が聞きたいよ』

そして間を空けずにスタンプまで送られてくる。既読マークがつかないようにスリープモードにして、スマートフォンを机に伏せた。ばさ、とスタイリングの提案書が床に落ちる。ハヤトくんが好んで使ううさぎのスタンプかわいいんだよな、と後ろ髪を引かれながら紙の束を拾ってデスクに戻った。

ハヤトくんと付き合うことになったあの日から、一か月が経った。あれから一度も会っていない。

私はシュンくんと新しい契約書を交わして『レンタル和装・花山』のスタイリストになり、店番は新しいアルバイトと分担していくことになった。個人で受けた依頼も納期を早めたもの以外は、ほぼそのままこなしている。まさに仕事漬けの毎日を送っていた。

ハヤトくんはドラマの撮影が押しているようで、メッセージのやり取りはあるものの、リアルタイムでのコミュニケーションは取れていない。

——いや、取れていない、というのはウソだ。本当はこうして、ハヤトくんはマメに連絡をくれる。私がメッセージを返せば、決まって『会いたい』と言って仕事の合間の貴重な時間を私にくれようとする。けれど、私はどうしても、会いに来てとは言えなかった。

ハヤトくんの交際報道が出たその日。電話口でハヤトくんは、あんな記事どうってことないよ、と言った。自分は清廉潔白なイメージで売っているわけではないから事務所も寛容で、私が気にする必要は全く無いと、「何にも不味いことは無いから気にしなくていいよ」と軽やかに笑った。

そんなわけは無い。現にあの記事を読んだアヤカちゃんやキョウコちゃんはショックを受けていた。自分の推しに恋人が居るとなればファンは離れていってしまうかもしれない。

それに加えて、いよいよ再来週、九月から件のドラマが放映される。主演俳優のスキャンダルは美味しいはずだ。きっと、パパラッチが増員されているのだと私は推測する。

つまり、気遣いの塊であるハヤトくんが本当のことを言わないだけなのだ。

もともと休みが合いにくい私たちでも、隙間時間を駆使すれば食事ぐらいは一緒にできそうだった。ハヤトくんが撮影を行う局の近くや私の現場の近所で待ち合わせをして会おうとハヤトくんは言ってくれた。しかし、どこに人の目があるかわからない。

私だって会いたいし、ハグしたい。あの笑顔に癒されたい。けれど、それは何かと引き換えかもしれない。——それが、ハヤトくんのお仕事だったとしたら。

その損害の大きさを私が量ることは出来ないけれど、もしそれが私だったらと想像くらいはできる。仕事の予定が詰まった私のスケジュール帳。パズルのピースを必死で集め、ようやく絵になり始めたばかりなのに、それがぽろぽろとこぼれ落ちて、いつしか何が描かれていたか分からなくなってしまったら……？

血の気が引くような思いで、スマートフォンをサコッシュの中へ放り込む。

ハヤトくんが努力で手に入れた物を、人に施してもらってばかりの私が奪っていいわけがない。そんな私に成す術はないのだ。パパラッチを買収する経済力もなければ、凄みを効かすようなバックグラウンドもない。ハヤトくんが私に気を使わないように、ただただ『残念だけど都合がつかない』と断ることしかできなかった。

でも、我慢出来ずに二度だけ短時間のビデオ通話をした。メッセージは時間をずらして一日に一往復。最初はほとぼりが冷めるまで、と思っていたけれど、日に日に肌を重ねた感触が薄れて、抱き合ったことも自分の妄想だった気がしてくるのだ。

余計なことを考えまいと仕事に打ち込むと、深く没頭しすぎて、いつにまにか睡眠時間が減っていた。頭が興奮状態なのかうまく寝つけず、寝られないのならとスタイリングブックを開き、つい仕事をしてしまう。最近は頭の奥がぼんやりして常に眠気を引きずって、目の下に大きなクマが目立つようになっていた。

さすがに不味い。ミスも多い。まだ折り返しにも来てもいないのに。早いところ体調を建て直すため、睡眠不足を何とかしなくてはいけない。

「シュンくん、今日はお店を閉めたら残業せずに帰るね」

「ああ、クマがひどいからしっかり寝てよ。ああ、でもこっちの帯さ……いやごめん。午後からのメイさんのシフトは店番だったね。定時で上がって、帰ってゆっくりして」

ＰＣから顔を上げたシュンくんの顔も似たようなもので、なんだか仲間意識を感じてしまう。サイトリニューアルに伴う事務作業が予想以上に大変らしいのだ。

「今度の定休日は久々にオフだから、それまでがんばるよ。シュンくんも無理しないようにね」

「……うん、ごめんな」

シュンくんはキーボードに視線をおとして小さく呟いた。

◆

そんな中、ハヤトくんから『限界。充電したい。帰り道に寄る』と切羽詰まったメッセージが届いた。二十二時を過ぎていた。私に返信を求めていないメッセージだった。けれど、気づかない振りをしてしまえばハヤトくんも無理に来たりしないだろう。そして、明日の朝に返信をしようと、罪悪感を飲み込んで無視をしたけれど。

そのメッセージの数時間後、本当にハヤトくんはタクシーを飛ばしてやって来た。

体調不良によるぼんやりミスを何度かやってもまだ未消化のタスクが気にかかり、未だベッドに入れずにいた。そこへ鳴り響くチャイム。

——ウソでしょ。

日付が変わってすぐだ。私は完全にノーメイクでパジャマ姿だった。そのパジャマだってギンガムチェックのややくたびれたダブルガーゼで、セクシーさや可愛らしさは皆無だ。久々に会う恋人に見せるようなものではない。

そんなことは全く意に介さないハヤトくんは、ドアを開けて顔を合わせた途端に涙ぐみ、抱きつき、私は尻餅をついた。

「起きていてくれて嬉しい。会いたかった」

勢い余って後ろに倒れた。ハヤトくんが私の後頭部を手で覆い守ってくれたお陰で痛みはなかったが、玄関で押し倒された状態だ。

「メイ、メイ、メイ。やっと会えた」

大きな犬が胸に飛び込んできたようだった。うなじにグリグリと額を擦り付け、ぎゅうぎゅうと抱き締められる。

「メイ……。寝てる？　食べてる？　顔色悪いよ？」

「……お久しぶり、だね。ハヤトくんこそ元気？」

「メイに忘れられて、元気ない」

「忘れるわけないよ。好きだもん」

「……そうかなあ」

少し甘えてみたが、ハヤトくんは懐疑的だ。

会いたかったのは疑いもない事実だけれど、メッセージも一日一通で、会わずにいたことには変わりなくて、それ以上はなにも言わないでおいた。その代わりにハグして、髪を撫でてあげて、そのままの体勢で今日あったことをなんとなくしゃべる。しばらくするとハヤトくんの強ばった体から力がすうっと抜けて、顔をあげたハヤトくんはいつもの穏やかな微笑みを湛えていた。

この笑顔に会いたかった。そう思ったら、ハヤトくんの唇を奪っていた。

私の都合でハヤトくんを避けていたのに、現金なものだ。ここは小さいけれど私の城。壁に耳や目が隠されていることはさすがにないだろう。誰かに遠慮するような場所でなければ、私だってこうして触れたい。

私は気が済むまで唇を押し付けて、ハヤトくんの前髪を指で優しく梳《す》く。

「来てくれて嬉しいけど、もう来ちゃダメだよ。週刊誌の人に見つかっちゃうよ」

「嫌だ、また来る。でも、メイにきちんと寝て欲しい。本当に体調は大丈夫なの？」

「うーん、悪くはないよ？」

「嘘だ。そんな顔してるのに、店長は何も言わないの？」

「シュンくんも事務作業で忙殺されてるからなあ」

「……店長、何してるの」

「でも忙しいのは想定済みだし。私もシュンくんも若いうちに頑張らないとね！」

ハヤトくんの声がなんとなく冷たくなって私はわざとおどけたけれど、ハヤトくんは無言で私を睨んだ。

「――連れて帰る」

「え」

ハヤトくんに優しく引き起こされて、対面で目を合わせてはっきりと宣言された。

「メイ、自己管理が出来てない。寝られてないし、きっと食べてないでしょ。ちょっと痩せたの気づいてる？　このままだと確実に倒れるよ」

ギクリと冷や汗がでた。寝不足と疲れが食欲を奪い、ゼリー飲料やエナジードリンクでなんとかしのいでいたのだ。「夏バテかな、暑いもんね」と誤魔化したが、ハヤトくんの目は訝《いぶか》しげに眇められた。

「メイ、すぐに荷物まとめて。店までの距離はそんなに変わらないから、うちから通えばいい。毎晩メイが寝てるかきちんと見張る」

「やだな、ハヤトくんてば、お母さんみたい」

私がわざとらしく笑っても、なんの効果もない。

「うちはハウスキーパーを頼んでるから、家事しなくていいよ。ご飯も作り置きしてもらうから、とにかく寝て。食べて」

「――やだ。いやだよ」

誤魔化しても通じないから、はっきりと断った。だって、これは私の問題で。ハヤトくんにはハヤトくんの仕事があって、私の仕事は私がなんとかしないといけないのだ。

「なんで？　こんなに体調が悪そうなのに？　放っておけるはずないでしょう」

「放っておいてよ……」

私の方へ伸ばされた手を払ったら、ハヤトくんは目を見開いた。

「……私みたいな半人前は、優しくしてもらったらダメなんだよ！　ハヤトくんみたいに努力を積み上げて一人で立てるようにならないと。頼ってばかりじゃ、もらってばかりじゃ、いつまで経っても私はダメなまま……。その上、ハヤトくんに迷惑までかけたら……」

鼻声で捲し立てると、ようやくハヤトくんは手を引いた。目頭がジリジリしていたけれど、泣くことはできない。だって、これは私自身の問題なんだ。

「メイの思う、迷惑ってなあに？」

「……仕事、やりづらくなるでしょう？」

「そんなことないって言ったのになあ」

ハヤトくんがゆっくりとまばたきをして、長いまつげが影を作る。こんな時なのに、悲しげな表情も美しいなと思った。

ああ。優しいハヤトくんを拒否して何をやってるんだろう。

そんな風に情けなくなる反面、助けてほしくないと、胸に中にある岩のような塊がはっきりと見える。その頑なな気持ちに、ハヤトくんも気づいたのかもしれない。ハヤトくんは私からほんの少しだけ後ろにずり下がって、優しく語りかけた。まるで威嚇する小動物に話しかけるみたいに。

「俺はね、仕事をしている姿を見てメイのことを好きだなって思ったんだ。確かにメイの言うとおり、俺は努力で手に入れたものが多いって自負がある。メイはね、そんな俺が好きになった女の子だよ？　俺の目に間違いはないから。ダメだなんて悲しいことを思わないで」

仕事終わりの乱れた前髪を簡単に整えるとハヤトくんは立ち上がった。

「今日は帰るよ。顔を見たら帰ろうと思ってタクシーを待たせてるんだ。でもね、メイ。俺を頼ってもいいって思ってくれたら、うちにおいで。迷惑かけるなんて思わないで」

ハヤトくんはキーケースから鍵をひとつ外して私に握らせた。温かい手で、強ばる私の手を包んで。

「いつでもいいから。ご飯を食べに寄るだけでもいいし、現場が近くなら、ちょっと仮眠を取りに来るのもいい。前もって連絡しなくていいから、ね？　……おやすみ」

ハヤトくんは私の頭をふわりと撫でて微笑むと、そうっと扉を開けて、帰っていった。

しばらく動けずに床に座ったままぼんやりしていると、たった十分の逢瀬《おうせ》が現実だったのか幻か夢だったのかよくわからなくなった。疲労と眠気がどっと襲いかかり、頭にかすみがかかってくる。

私はのろのろと立ち上がった。そして、そのままベッドへ倒れこんで目をつぶった。

手に握ったままの合鍵は朝になっても消えることはなかった。

◆

目覚ましのアラームが鳴る五分前に、パチリと目が開いた。

――よく寝たなあ。ベッドに入ったのは二十三時だったから……。

九月になって日差しは和らいだものの、まだそこかしこに夏の名残がある。熱中症だってまだ油断ならない気温だ。今日は現場仕事だし、朝ごはんをきちんと食べなくては。

体を起こして簡単なストレッチで節々をほぐす。それからコップ一杯の水を飲み、食パンとハムとカフェオレでお腹を満たした。本当は野菜かフルーツがあったらよかったけれど、今は腐らせるだけだから冷蔵庫の中は空っぽの一歩手前。なま物はほぼゼロ。それでも食事を抜くより数倍マシなはず。

睡眠、食事、水分。きちんと取るように心がけてから一週間。目の下のクマは薄れ、軽めのファンデーションでキレイに隠れるレベルになった。――反省したのだ、ハヤトくんが優しく私を諭してくれたから。

『メイおはよう。寝られた？　俺は久々に会えて嬉しくてちょっと寝られなかった』

『メイおはよう。今日は雨だね。嵐の夜を思い出して少し幸せです。足元に気をつけて』

『メイおはよう。休みはある？　半休でもいいから、たまには仕事から離れてのんびりすること』

毎朝一通、ハヤトくんからメッセージが届く。まるで毎日ハガキがポストに届くような、一方的なお便り。けれど、そこにはハヤトくんの慈愛がめいっぱい詰まっていた。

――何をあんなに頑なになっていたんだろう。

差しのべた手を払われたハヤトくんの心中を思うと、胸が痛んだ。

『ハヤトくんおはよう。今日は現場です。暑いけどきちんと朝食をとりました。早くハヤトくんに会いたい』とメッセージを打ち込んで、書きかけの一文は削除した。まだ、素直になりきれない自分がいるのだ。でも、その気持ちを否定しないくらいには気持ちの整理がついてきた。

――ドラマの放映は今週末だね。楽しみにしています。

そうメッセージを締めくくり、送信。そして家を出た。

◆

「メイさん、あれ？　今日は現場だったろ？」

開店二時間前なのに、シュンクくんがお店にいた。相変わらずPCと睨めっこして、辛そうに目を瞬かせている。

「うん、明日は久々にオフだから、書類だけ整理しに。……あれ、まさか、帰ってない？　服が一緒じゃない？」

「――まあ。いろいろあって。後でシャワーだけ浴びに帰る」

「ひぇ、そんなに作業たまってるの？　今日はそのまま休んだら？　今日は早番も遅番も揃ってるし……」

シュンくんはガタっと立ち上がり、私に背を向けてバックパックにタブレットとスマートフォンを放り込む。その拍子に机の上のイヤホンが床に落ちて、跳ねた。

シュンくんは屈んでそれを拾いながら、声だけこちらに投げかける。

「……ねえ、あの人とどうなってんの。あの俳優と」

――あの人？　俳優？

突然ハヤトくんの話を持ち出されて胸が鳴ったが、やましいことは何一つない。

「どうって、どうも？　私は仕事に没頭してるよ、体調管理もなかなかだと思うけど？」

「ふーん、メイさんネットニュース見てないんだ？」

「ネット？　なんで」

シュンくんは私の顔を見ずに、壁にかかったカギの束を手に取った。

「いや。仕事が終わったら検索してみなよ」

「どういうこと？」

「言葉通り。あーあ、嫌んなる。メイさんはさっさと現場に行く。終わるまでインターネット検索とかすんなよ、絶対に！」

「はあ……」

「ほら、書類はそこ。持って。行って。鍵閉めるよ」

シュンくんはこちらの理解が追い付くまで待ってくれず、半ば無理やり店から閉め出されてしまう。なんなの、とぶつぶつこぼすと、シュンくんは私を一瞥《いちべつ》して駅へ向かって大股で歩いていった。

――インターネット検索。一体何があるんだろうか。

シュンくんがああ言うのだからハヤトくんのことで間違いないだろう。そこ、私は関係あるのだろうか。でも全くといっていいほどハヤトくんと会っていないのだから、やましいことは本当にひとつもないのだ。それに、なぜ今ではいけないのか。

腕のスマートウォッチを覗くとそろそろ出発しなくてはいけない時間だった。何があるのか気になるが、車移動ではどうしようもなかった。私はあきらめて、レンタカーを停めた駐車場へ走った。

――お疲れ様でした。撤収してください。

◆

フォトスタジオから依頼された出張撮影は無事に終わり、被写体だったカップルもにこやかに帰って行った。

春と秋は結婚式の前撮りがとても多い。日本庭園のある武家屋敷は神社にならんで人気の撮影スポットだった。今日は花嫁さんの実家に伝わる鶴が刺繍《ししゅう》された豪華絢爛《けんらん》な打ち掛けを着付ける、楽しいお仕事だった。

ヘアメイクの中村さんと控え室を片付けていく。中村さんとは、マイの握手会で一緒にお仕事をしたばかりだ。

「――北川さんはどっち派だったっけ？」

ホットカーラーをポーチに並べながら中村さんは笑った。

「ん？　どっち派ってなんの話ですか」

「ほら、あの話。吉良ハヤト派か柳瀬タク派か――って。あの握手会の控え室でみんな盛り上がってたでしょ。セクシーか美少年かって」

「ああ、そんな話、ありましたね」

――ああ、あれだ。私とハヤトくんのデートを週刊誌に撮られた時の。あの時、私は何て言ったっけ。記事に気を取られて自分がどう言ったか全く覚えていない。

どう答えようか悩んでいると、私が答える前に中村さんがため息をついた。

「明日ね、アヤカちゃんの撮影があるんだけどメイクがきちんと乗るかなって心配でねえ」

「え、アヤカちゃんが？　どうかしたんですか？」

「……あれ？　知らない？　じゃあ北川さんは柳瀬タク派かあ。ほら、あの時、吉良ハヤトの熱愛報道あったじゃない？　あれをね、本人が全面肯定したらしいのよ」

「——え？」

「私も詳しく知らないけど、ネットニュースになってたね。アヤカちゃん、結構強火のファンだったでしょ。泣いて目が腫れてなきゃいいけど。ああ、保冷剤を追加しておこうかな」

中村さんはスマートフォンを取りだしてメモを取る。

その話は単なる世間話だったようで、その件についてはそれでおしまいだった。中村さんは手早く片付け「お疲れ、またね！」と一足早く帰って行った。それなのに私の作業台にはクリップや腰ひもがまとめられもせずに、放置されたままだった。

——ハヤトくんが熱愛報道を全面肯定？　ネットニュース？

今朝のシュンくんもからも似たような言葉を聞いたところだった。

——仕事が終わるまで検索すんなよ。

シュンくんの声が耳の奥で聞こえたが、手が勝手に動いた。サコッシュからスマートフォンを取りだして検索画面を立ち上げると、ピックアップニュースの五段目にハヤトくんの名前を見つけた。

『吉良ハヤト熱愛全面肯定。お相手は一般人。静かに見守って』

——これだ！

太字の見出しをタップする指が震える。

――お相手は一般人……これって私のこと？　いや、それしかないけれど、全面肯定ってどういうことだろう。

ぐるぐると頭の中を駆けめぐる不安。本文画面を読み込む間のわずかな時間が、何倍も長く感じる。そうか、だからシュンくんはあんなことを。仕事前にこんなものを見てしまったら決して平静では居られなかっただろう。

現れた画面にはハヤトくんの小さな写真。その下の記事は、一息で読みきれる程度のボリュームだった。

――九月三日の深夜に放送されたラジオ番組にゲスト出演した吉良ハヤトが自身の熱愛報道に触れ、それを肯定。一般人女性との交際を認めた。吉良は、愛を育み始めたばかり、静かに見守ってほしいとリスナーに語った――

そのラジオの放送は九月三日深夜。昨晩だ。今朝のハヤトくんからメッセージを確認すると、送信時間は早朝五時。いつもより少し早いが、内容は特にかわりない。今日も頑張ろうね、そんな言葉で締め括られて、ラジオに出演があったなんて書かれていなかった。

ドクンドクンと胸の音がうるさい。呼吸が浅くなって、指先が冷えていく。

――どうして、こんな。どうして、ラジオでみんなに向けて……？　ハヤトくん、お仕事は？　こんなことしたら干されちゃう。ドラマは今週末からなのに……！

震える指でハヤトくんにメッセージを送ろうと画面を開くも、すぐに手が止まった。

一体なんと言えばいいのか。どんな話をしたらいいのか。

——会いたい。会って話をしなくちゃ。

スマートフォンをサコッシュに突っ込むと、ポケットの中の鍵の束がチャリと音を立てた。

◆

慌ただしく帰り支度を整え、車に飛び乗った。ハヤトくんにもらった鍵をダッシュボードに置き、ぐっとハンドル握りしめた。そうでもしなければ手が震えてしまう。

——どうして。なぜ。ハヤトくんはこれから売れていく大事な時なのに。

ハヤトくんはどうしてこのタイミングで自分のキャリアを自ら狭めるような発言をしてしまったんだろう。私のため？　よく考えたらそれしかない。でも、あのまま報道を放置して沈黙を貫いておけば、どうせガセだと多く人は信じずに、みんないつか忘れて、無かったことにできるのに……。それが一番痛手が無さそうだと思うのは、私が一般人だからだろうか。

じりじりと焼け付くような不安をあおるように、太陽を反射したビルの窓が目を焼く。

改めて確かめると、十五時過ぎだった。

ハヤトくんは家にいる？　それとも午後から仕事だろうか。それさえも知らないことに愕然《がくぜん》として、信号待ちで慌ててメッセージを送ったけれど既読マークはつかない。

よそのお宅に勝手に上がるのはよくないけれど、ハヤトくんの部屋で待たせてもらおう。ハヤトくんが「いつでも来て」と合鍵を渡してくれたのだから大丈夫なはず。なんて、さんざん避けておいてこんな時だけ彼女面をする自分に胸が悪くなる。

ああ、もう。

渋滞する車の列を睨んで、重いため息をついた。

◆

物音のしないマンションの廊下に解錠の音が静かに響く。周囲を見回して、誰もないことを確認してから扉を開き、その隙間に滑り込む。即座に後ろ手でロックをかけた。

マンションの入り口にそれらしい人は居なかった。エレベーターでも、私ひとり。だから、大丈夫だと思いたい。私のせいでこれ以上騒ぎになるのは、本当に耐えられない。

合鍵は玄関脇の棚の上で光るステンレスのトレイにそっと置く。白いレザースニーカーが一足、端に揃えられていた。ハヤトくんが居るのか居ないのか、これだけではわからなかった。

「お邪魔します」

声をかけたけれど、返事はない。やっぱり居ないのかなと思うと少しだけ肩の力が抜けた。勢いだけでここまで来てしまったけれど、顔を合わせたときに言う言葉を決められていなかったから。

廊下を進みリビングに続く扉へ近づくと、エアコンの稼働音が微かに漏れていた。エアコンつけっぱなし？　それとも。

「あ、ハヤトくん？」

ドアを小さく開けて覗くと、ハヤトくんがソファでうたた寝をしていた。

特等席の左側、オットマンに長い足を伸ばし、クッションに背を預けて、寝息を立てている。胸に置いた手には緑の薄い冊子があった。『雨の兄弟』というタイトルは、今週末から放送予定のドラマだった。

前髪は額を覆い、長いまつげが影を作っている。髪型は仕事モードだけれどスタイリング剤は付いていない。服装もワッフル生地のTシャツとブラックデニムというリラックスした雰囲気だ。深夜のラジオを終えて仮眠を取り、台本を覚えていたところ、というのが近いと思う。

——お疲れなんだろうな。今朝は何時に帰ってきたんだろう。

足音を抑えて近づき、ソファの脇に膝をついて寝顔を覗き込んだ。

寝顔を見るのは二度目だ。目を閉じていても綺麗な顔立ちなのがはっきりわかる。そんな美しい顔からこぼれる規則的な寝息がちょっと可愛い。膝を床についたまましばらく眺めていたけれど、寝顔をじろじろと見るのは失礼かもしれないと視線を逸らす。ふと、ハヤトくんが呻いた。

「ううん……んん」

眉をしかめて、口が歪む。

どうしたんだろう。いやな夢でも見てる？　起こした方がいいかな。それとも、そっとしておくべき？　迷っているうちにまぶたが薄く開く。その黒い瞳に私の顔が映った。

「メイ……？」

掠れた声が私の名をなぞり、つきん、と痛む胸。会ったら何を言うんだっけ。この前はごめんね、それとも、会いたかったよ、そうじゃなくてラジオのことを――

「うん。おはよう」

頭のなかはぐるぐると整理が付かないのに、口から出たのは、他愛もない挨拶だった。

さっきは歪んだハヤトくんの唇が、ふふ、とほころぶ。

――あ。私のハヤトくんだ。

見ているだけで温かさに包まれるほのかな微笑み。「おはよう」よりも「ただいま」と言いたい気分になる。

あれ、私、なんだか頬がゆるんだ？

思わず自分の顔を触ると、その瞬間にハヤトくんの長いまつげと私のそれが交差した。

ハヤトくんの熱い手に後頭部を引き寄せられて、唇と唇が触れていた。

さらに後ろから手が回って顔が固定されたことに驚いていると、さらにぐうっと力強く引き寄せられ、はむ、と唇を食べられる。熱い舌がぬるりと唇の割れ目をこじ開け、歯の粒を丁寧に撫でる。それがくすぐったくて少し笑うと、その隙を見逃すことなく大きな舌が奥まで入り込んできた。上顎をざらざらした感触が行き来して奥歯の歯茎さえも撫でられる。

「んっ、んん、んむっ」

ぬるぬると口の中をまさぐられると、体を重ねたあの日の感覚が鮮明によみがえった。ハヤトくんに求められた高揚と与えられた快楽がフラッシュバックして、あっという間に頭の芯が痺れだす。

——もしかして、寝ぼけてる？

遠慮のない力加減にそう思ったけれど、寝ぼけとは程遠い巧みさで舌を吸い上げられる。その力強さに息まで飲まれ、少しでも離れようとすると、大きな手が顔と顔の密着を強いた。

気持ちいいのに、息が苦しい。それなのに優しくて。征服されるような圧力と触れる舌先のくすぐったさに、感覚がごちゃ混ぜになって、体を支える腕の力を抜いた。そのままハヤトくんにのし掛かるように体を預けると、ハヤトくんの力もゆるんだ。

ちゅ、ちゅとついばむような優しいキスのあと、はあ、と二人の吐息が外の空気に混じった。

「メイ……やっと捕まえた。本物？」

「っ……起きてたの？」

「ううん、今起きたところだよ。よかった、夢じゃない」

ハヤトくんは私の手を取って、すべすべの頬に当てた。私を見つめる黒い瞳は、まるで炎を内包した木炭のようにじんわりと熱かった。

「来てくれたんだね。うれしい。……顔色よくなってる。よかった」

本当にうれしそうな微笑みが、私をふんわりと包んでくれる。

「あの、この前は、ごめんなさい。ハヤトくんの言うとおり体調崩しかけてたのに、意地をはって逆ギレしちゃって……。優しくしてくれたのが身に染みた。ありがとう」

ハヤトくんの穏やかな声に浸りながら体をくっつけあうと、自分の本音がするすると流れ出てくる。ごめんねもありがとうも、思ったそのままの形でハヤトくんに伝えられるなんて、想像もしていなかった。

「うん、いいよ。眠くてクタクタで限界だったよね。そんなときもあるよ」

「……ハヤトくん、好き。会いたかったよ……」

言ってはいけないと胸の奥に鍵をかけていた気持ちまで、綺麗に口から流れ出た。

「俺なんて、会いに来てほしいって思いすぎて、とうとう幻覚を見たかと思ったよ」

おでこをくっつけて小さく声を交わすと、会わなかった時間なんてまるでなかったように思える。時間も距離も巻き戻って、肌をあわせたあの幸せな瞬間の続きのようだ。

「メイ、きちんと顔を見せて」

ハヤトくんの指が、遊ぶように私の髪をすく。こめかみに掛かった髪をさらりと揺らし、耳をくすぐって、悩ましいほどに甘い声を吹き込んだ。

「ねえ、もう一回キスしたい」

起き上がったハヤトくんは私の返事も待たずに手を伸ばし、私を持ち上げて膝の上に乗せた。ソファに腰かけるハヤトくんに跨がって向かい合う姿勢がなんだか恥ずかしくて顔が熱くなる。

「やっと会えたんだよ。もう一回、いいでしょ。起きた頭できちんとメイを感じたい」

「でも、その前に私……」

ラジオの話を――という言葉は「メイ、会いたかったよ」というハヤトくんの掠れた声で溶かされて、口のなかで消えた。ふわふわと唇を押し付けあっていると、しなやかな腕が私の背中へ回り、ギュウと抱き締められる。大きな体に収まって、唇を食まれる心地よさにぽーっとしていると、片方の手がいつの間にやらブラウスの裾から入り込んでいた。

――キス、だけじゃないの？

胸の辺りをモゾモゾとうごめく妖しい動きに背筋がゾクゾクと震えて体をくねらせると、胸の先端をきゅうと摘ままれる。

「んんんん！」

ピリッとした甘い刺激に体が大きく波打つと、唇の隙間からハヤトくんのうれしそうな吐息がこぼれた。

ハヤトくんの唇がまたも深く重なる。そして着衣のままブラジャーを乱され、胸の先端を指でくにくにと弄られる。その動きがそのままお腹の奥へ繋がって、うずうずと熱を孕《はら》んだ。嬌声《きょうせい》混じりの息は吐くばかりで、体の隅々まで酸素が行き渡っていかない。

「小さく震えてかわいいね。次は声を聞かせて」

「っえ⁉」

ハヤトくんは妖艶に目を眇めて、跨ぐために開いた太腿を撫で上げていく。あっという間に付け根へたどり着き、仕事着のホックを外してショーツの中へ手を滑り込ませた。いつの間に、と思う早業だった。

「メイ……」

ハヤトくんは既にぬかるむ私の中へ、迷いも見せずに指を差し入れる。

「あ！　ああ！」

ぐぐっと広げられるような、内壁をこそげる動きに声をあげずにはいられなかった。すぐさま指が増やされて、ぐちぐちと抉られる。濃密なキスで十分に濡れたそこはハヤトくんの指をぎゅうぎゅうと握りしめて喜んだ。

「かわい……」

「ん、ん、あ、あ」

「もう一本、いれるよ？」

欲に湿った声が耳を刺激すると同時にグッと中壁を広げる快感が背筋をかけ上がる。

「あああ！」

ハヤトくんの胸にすがり付いて、快感を逃がそうと腰を振るが、逆にその動きを利用して余計に刺激を与えられてしまう。

「あっあっ、やだ、あああっ」

ハヤトくんのうなじに顔を埋めて嬌声を上げていると、すべての刺激が唐突に止んだ。

「ねえ、メイ、正直に答えて？」

そしてまるで集中を促すように、一ヵ所だけ指が中でビクリと動く。

「んんぁ！」

ハヤトくんは二本の指を小刻み揺らしながら、私に尋ねた。

「……ね、俺のこと、店長に相談した？」

私の表情を確かめるようにハヤトくんは首かしげ、ついでのように胸の先端を摘まむ。

「あぁん！　え、なんの、こと」

膣《ちつ》に差し込んだ二本の指をバラバラと動かす。その指のひとつが気持ちのいいところを擦り、中がどっと潤んだのが自分でもわかった。

「あ、あ、やあぁ！」

「よおく思い出して、ほら、店長と二人で食事行ったでしょ。俺が不安にさせたかな？」

「あ、あ、なにも。ね、なにも！」

「本当？　じゃあ仕事のこと？」

口の端は微かに上がっているのにハヤトくんの声は少し固い。ハヤトくんがなんの話をしているのかわからないけれど、何かを咎《とが》められているようなそんな気がする。シュンくんと焼き肉へ行った時のことを思い出しても、さっぱり心当たりがなかった。

「あ、んん、シュンくんに、相談することなんて、ない」

ハヤトくんは指の動きを止める気配はない。むしろ、ゆったりと丹念に弱点を探っている。そして暴かれたそこを、まるで地図にピンを指すような緻密さで刺激する。迫り上がる快感に体が強ばるほどだ。

「そうなの。…………じゃああれは、カマをかけられただけ？」

「あ、あ、あ、あ」

ハヤトくんは小さく何かを呟いて、満足そうに目を細めた。

「メイ、イきそう？」

頷く。小さく頷いたつもりが、制御が効かず、がくがくと首が揺れる。返事はできない。ハヤトくんの指が内側を広げるようにうごめいて、喉から漏れるのは喘ぎと吐息ばかりで言葉にならないからだ。

「かわいい。いいよ、イって。前に覚えたでしょ。力を抜いて、集中して」

「はあっ、ああ、んん！　ハヤトくん！　やあ！　そこ、ダメ、あ、あ」

ハヤトくんに跨がって、その肩をつかみ、巧みに動く右手と左手に翻弄され、ハヤトくんの視線で目の奥を犯されながら、達した。

「メイ、可愛い」

ハヤトくんは私の目尻に口付ける。知らずに涙が滲んでいたようだ。

何が可愛いものか。なにがなんだかわからないうちにめちゃめちゃに乱して、快感で炙《あぶ》り、強引にイかせて、その姿を可愛い一言で済まそうだなんて横暴すぎる。

「う、っふ、は、シュンくんが、っん、なんだったの？」

呼吸を整えながらハヤトくんを糾弾するけれど、まだ私の中に居座る指が小さく動くものだから、まともに言葉が紡げない。

「ちょっと気になってたんだ。でももう大丈夫。安心した」

「安心？」

――そう、とハヤトくんは私の髪をすきながらおでこにキスをくれた。なんだか晴れやかな表情だけれど、相変わらず色っぽくてよくわからない。

「次はメイの番」

「――え？　何が？」

私が思わず身構えると、ハヤトくんはハンカチで手をぬぐってから、乱れた私の服を丁寧に直してブラウスの裾までスラックスの中にしまってくれる。

「メイも何か気にかかることがあって来てくれたんでしょ？　さっきは遮ってごめんね？」

遮られただけじゃなくなんだか大変な目にあったけれど、事の重大さを思い出して、私は咳払いをした。

「んん！　……あの、私、ラジオの、こと」

「そっか。じゃあこの続きはまたあとで。向こうでちょっとお話ししようか」

ハヤトくんは私をそうっと立ち上がらせて、手を握った。

◆

着衣の乱れを自分でもチェックしてダイニングテーブルに付くと、ハヤトくんが冷えた麦茶を出してくれた。さっきまで膝に乗ってあんなことをしていたのに、ハヤトくんはもう涼しげな顔をしていてずるい。

カラカラだった喉を潤すと、ハヤトくんは向かいに座り、何から話そうかなと空になった切子グラスに触れながら首をかしげた。

「まず――記事の話だけどね。メイは信じてくれなかったけど、熱愛報道なんて本当にどうでもよかったんだよ。事務所もドラマも全然平気。エロい役だしむしろ宣伝になるからいいかって判断で、出版社にはメイを特定できないように情報をいじるのを条件に、掲載許可を出したんだ」

前に電話でもそう言われたが、にわかに信じられなかった。けれど、何度も同じ説明をされるのだから、ハヤトくんを取り巻く環境は自分の常識とは違うのかもしれない。

「……ＣＭは？　違約金とかあるんじゃないの？」

「そんなの出てないから存在しないよ。俺の仕事は俳優で、舞台とドラマが半々かな。だから誰からも怒られたりしていないいんだよ。メイは誰かに何か言われた？」

シュンくんにほんの少しだけ言われたが、自分と同じことを感じていたから、あれが特別というわけではない。

「ううん。でも、ファンが離れていったりするじゃない。ハヤトくんは人気商売でしょう」

「うーん、独り身の方が売れそうってこと？　それは無いとは限らないけど……。恋人がいたら興味がなくなるほど俺には俳優として魅力がないかなあ？」

ハヤトくんは軽やかに笑って、自虐的な発言をしてみせた。私がはっとして謝ろうとするのさえも制してハヤトくんは手を振った。

「はは、いや、一般的にはそうだよね。でも、俺はもっと長い目で物事を眺めたいと思ったんだ」

――長い目？　でも、ラジオで交際宣言なんてしたら、長い目どころか近々のお仕事さえも、と後ろ向きな考えしか浮かんでこない。

「メイはもう聞いたんだっけ？　よかったら一緒に聞こうよ」

ハヤトくんはスマートフォンを机に置いてラジオアプリを立ち上げた。

『佐々ケンジのオールナイトラジオ～♪』

スピーカーから聞いたことのあるジングルが流れた。――あ、知ってる。有名な深夜番組だ。パーソナリティーは佐々ケンジ。お会いしたことはないけれど、誰でも知っている名俳優。たしか撮影中のドラマのダブル主演のお相手のはずだ。

「昨日、いや、今朝か。これに出演した。佐々ケンジさんは事務所の先輩なんだよ」

ハヤトくんがアプリを操作して、ハヤトくんの登場シーン、言ってしまえばその問題発言の箇所まで早送りをしてくれる。

佐々ケンジさんの番組は日付をまたいだ深夜の二時間だ。ハヤトくんの出演は二十分ほどのミニコーナーで、二人の主演ドラマのプロモーションがメインの企画だった。

声しか伝わらないラジオだというのに、ハヤトくんは色気をこぼしながら登場し、佐々ケンジさんとくだけた挨拶を交わして、仲の良さを伺わせた。そして、本編公開前でも障りのない程度に撮影のこぼれ話が披露される。

『毎日一緒にいすぎて愛が深まりますね』と妖しく囁《ささや》くハヤトくんに『お前が言うとシャレにならないな』と返す佐々ケンジさん。気心知れた間柄の二人がじゃれ合うように盛り上がった後、私が聞きたかった問題箇所へ進んでいく。

『そうそう。ハヤトと言えば、少し前に熱愛報道があったよな。あれ、ぶっちゃけ、どうなの』

『ありましたけど……、ずいぶん雑にぶっこんで来ましたね？』

『だって、突っ込んでいいって事務所から聞いたから。つーか、突っ込めるの俺だけでしょ。事務所の先輩の圧力はこう使うんだよ』

『ははは。確かに。そう言うことなら、個人情報に触れないレベルでなら話せますよ』

『よしよし、じゃあ、ギリギリのラインを攻めて根掘り葉掘り聞いてやろう』

佐々ケンジさんは楽しそうだ。

ラジオの中のハヤトくんはうろたえる様子もなく、なんでもないように話を受ける。

――え、いいの？

リスナーだってそう思ったはずだ。若手の人気俳優が熱愛報道について質疑応答するというのだ。てっきり熱愛報道の真偽を簡単に釈明しておしまいかと思っていたが、どこまで明らかにするのだろう。

私が受け答えするわけでもないのに緊張で汗が滲んでくる。

『もしハヤトの熱愛報道について詳しく知りたくないリスナーがいたら、音楽の後からきっかり十分間だけ音量をゼロに落としてね。質問したい人はハッシュタグつけて投稿お願いしまーす』

佐々ケンジさんはハヤトくんのファンに配慮してそう案内してくれた。

『同じ事務所の先輩後輩だから忖度《そんたく》なく何でも聞くぞ』と宣言した通り、始まって数分でハヤトくんと私のエピソードは網羅されてしまった。

共通の知人が紹介してくれる予定だったがそれよりも先に運命に導かれるように出会った、とか。ハヤトくんの一目惚れだったとか。クールな彼女に必死にアピールしたとか。モダモダしている自分を見かねて彼女が告白してくれ感極まって涙したとまでも。

ハヤトくんの話すエピソードでは私に関することは何もかもがポジティブに解釈されていて、会話に割って入って訂正したいところもあったが、生放送された後ではどうしようもない。

二人の会話は台本でもあるかのようにスムーズに進み、佐々ケンジさんの絶妙な合いの手が入ることによってドラマチックに語られていく。

そして、今は彼女と一緒に住んでいるとラジオのハヤトくんはそう言った。

アプリの一時停止ボタンを押し、ハヤトくんの顔を見る。

「今、ラジオで、同棲してるって言った？」

「うん。ケンジさんからのアドバイスなんだ。昔ね、似たような境遇で彼女の自宅へ突撃取材されたことがあって、彼女が参っちゃってお別れしたことがあるらしくて……。用心しろよって親身になってくれたんだ。こうやって言っておけばメイの家はバレないし、このセキュリティならどこの誰が来たかわかるから報道の人も無茶しないし」

ハヤトくんはテーブルの上で私の手を握り心配げに眉を寄せた。

確かに、佐々ケンジさんの心配した通り自宅にまで突撃取材があったら堪らない。佐々ケンジさんが協力してくれたのは、似たような経験があったからなのか。そんな佐々ケンジさんの不憫《ふびん》なエピソードを聞いてしまえばあからさまに喜ぶ気にはなれなくて、神妙な顔になってしまう。そんな私の手をハヤトくんはひときわ強く握る。

「メイ。ラジオの続き、聞いてよ。大事なことをみんなに言ったから」

「う、うん」

先を促されて、手を繋いだままラジオの続きに耳を傾けた。

『ハヤト、そろそろ質問が来てるから読んでみようか』

リスナーからの質問は、あの写真の神社はどこだとか、彼女のどんなところが好きだとか、わざと他愛のないものばかりが選ばれたのかと勘ぐるほど平和なものばかりだった。

とある一通のメールを佐々ケンジさんが静かに読み上げるまでは、そう思っていた。

『ラジオネームぽむぽむさんから。ハヤトくんの結婚話だったら祝福したい。けど単なる熱愛報道をわざわざハヤトくん本人が認めなくてもいいのに！　傷つくファンもいるはず。気になるから聞いちゃったけど、本当は聞きたくなかったです』

淡々と読み上げられたけれど、そのメールに強い感情が乗っているのは明らかだった。

体が強ばったのが自分でもわかった。胸をドンと拳で突かれたように息が詰まる。ハヤトくんのファンの声を集めて凝縮したようなリアルな声は私が想像していたよりもずっと鮮烈だった。だって、心の片隅で私もそう思ったことがあったから。黙っていればあの記事は無かったことになる。そして、いつか過去のことになって、誰も嫌な想いをしないのに、なんて。

『ハヤト、何通か同じようなメッセージが来てるよ』

佐々ケンジさんは笑うでもなくからかうでもなくハヤトくんに告げた。

ハヤトくんはなんと言うのだろう。決定的なことを言わず適度にお茶を濁してほしいと願うのはハヤトくんに対して薄情なことだと分かっている。それでも、ファンにあんなメールをさせてしまった原因が私にあるのだと思うと居たたまれないのだ。

『えっと。まず、聞きたくなかった方に聞きたくない話を耳にいれてしまって申し訳ないです。でも俺なりに考えたこともあったので、ファンの人に聞いてもらえたら嬉しい。あの報道の後、彼女が俺の仕事のことをすごく心配してしまって……彼女がそう言ったわけではないけれど、自分といると迷惑になるからと俺を避けるほど気にしているようでした。俺は俳優の仕事が好きだから、熱愛報道とかプライベートなことで仕事が無くなったら悲しいけど、同じように仕事が原因で彼女を失うのも悲しいです。だから、どちらも大事にしたいという決意表明というか、覚悟を決める意味で、彼女とのことをお話しさせてもらうことにしました』

ラジオのハヤトくんは淀《よど》みなく想いを口にする。決意に満ちたその言葉はまるで清らかな水の流れのようだった。

『俺は彼女のことがすごく好きです。だからこそ、これから先、彼女とうまく行ったとしてもダメになってしまっても、仕事を疎かにしないと誓います。この経験や心情を仕事に生かして、演技をより豊かなものにしていく覚悟があるから。逆に、今日の俺の話で俳優業がうまく行かなくなっても、それを理由に彼女と別れたりはしないです。仕事も彼女も、今だけではなくて自分の人生で大切にし続けたいものだと思っているから、どちらも頑張りたい。そんなのは贅沢《ぜいたく》だってわかっているけど、ファンの人には、俺がこういう姿勢で生きていくってことを知っていてもらえたらなと思います』

　二秒ほど置いて佐々ケンジさんがポツリと言った。

『そういう考えは俺もいいと思う。どんな仕事をしててもまずは人間っていう生き物だからなぁ。よりよく生きることがいい仕事につながるっていうのは俺も共感できるよ。そういえば、これ、彼女は聞いてるの？』

『何も言って来てないんで、普通に寝てるんじゃないですかね』

『ハヤト……そこはさあ、言っとこうよ。彼女にも聞いてもらえよ』

　熱愛報道を肯定する形にはなったけれど、公私混同は極力避けるという姿勢で、今後は公の場で恋人について語ることはないというハヤトくんの言葉で締め括られた。

　佐々ケンジさんが設定していたきっかり十分の五秒前に話は納められ、何事もなかったかのようにコマーシャルが流れた。

　ハヤトくんがアプリをオフにしてスマートフォンを遠ざけた。

「メイが俺のこと避けてたのバレバレだったよ？」

「……え」

「あからさまだったじゃない。会えないの一点張りで」

　報道直後の話をしているのだろう。ハヤトくんは甘い声色で私を咎める。

　目を合わせられなかった。自分がどれだけ浅い考えで行動していたのか思い知って、申し訳なさで涙が溢れそうだ。ハヤトくんは大切にしたいものを自ら選択して、持てる精一杯の力で守ろうとしてくれている。私にそんな覚悟があっただろうか。

「ごめん。だって、ハヤトくんの仕事を、頑張りを私が邪魔したら……」

「うん、気遣ってくれたんだよね？　でも大丈夫。簡単に仕事はなくならないよ」

ハヤトくんが、握った私の手を少しだけ強く包む。そしてゆっくりと語りだした。涙がこぼれてしまいそうでまだ顔をみることはできないけれど、きっと穏やかな表情しているのだと想像がついた。

「俺は、どんな仕事も手を抜かないし、努力してる。周囲の人はみんなそれを知ってるから、もし仕事が減ってもきっと身近な誰かが手を差しのべてくれる。――メイだってそうでしょう」

――私？　どうしてここで私の話になるのだろう。顔を上げると、ハヤトくんと視線が合った。さらりと揺れる前髪のすぐ下の美しい形の目が優しい光をたたえている。

「メイは独り立ちしようと頑張ってる。だから、メイの人となりを知っている人が仕事を運んできてくれるんじゃない？　だって、メイがどれだけ真剣に仕事に向き合っているか知ってるのは、一番近くにいる人だよ。メイが周囲に愛されてるように、俺だって、助けてくれる人がいる。だから、大丈夫なんだよ」

ゆっくりと諭すように、まるで私の卑屈な胸のうちを知っているかのように、ハヤトくんは言葉を紡いだ。

「だから俺は、何も後悔していないし、何があっても後悔しない。単なる強がりじゃないから」

ハヤトくんは普段通りに笑った。人生を左右する発言をしたっていうのに、冴《さ》えない表情の私を気遣ってきっとわざとなんでもないように。直に聞くハヤトくんの声はラジオを通すよりも温かい。

「大丈夫。真面目にお付き合いしていればいつかはこういうことが起こるんだよ。それにね、俺がみんなに言いたかったんだ。大切に思ってる女性がいるって知って欲しかったんだよ」

ハヤトくんは立ち上がって、隣の席へ腰掛けた。そうして、肩をゆっくり撫でてくれる。

「メイはみんなに知られて怖くなっちゃった？　みんなに内緒の、その場限りの関係の方が楽だったかな？」

大勢の前で、公共の電波まで使って愛を語ってくれたハヤトくんにそんなことを言わせているのに、ハヤトくんの真っ黒な瞳には柔らかな光が灯っている。

「ああ、もう。俺って重い男かな」

ハヤトくんが困ったように笑う。

違う。違う。そんな顔をさせたい訳じゃない。困らせたかった訳じゃない。

私の想像を越えるほどに大切にしてくれているのに、ハヤトくんに謝らせるなんてわたしは最低だ。

「……ごめんなさい」

ハヤトくんのTシャツを摑んで、しっかりと向かい合う。この体勢ではハトくんの顔色がつぶさに見てとれてしまう。もしかしたらハヤトくんの表情に呆れや失望が見えるかもしれないけれど、伝えなければいけないと奥歯を喰いしばった。

「……私が何も信じてなかったから……」

「何も……？」

「みんなが私に優しくしてくれるのは、身内びいきなんじゃないかって思ってたの。岩ちゃんもマイも、シュンくんも……私が頼りないから、自分で仕事を取ってこられないから優しくしてくれるんだって。そんな私じゃハヤトくんの横に並べないって、努力の足りない私じゃハヤトくんにふさわしくないって我慢してて……。私が、もっとみんなを信じて。ハヤトくんの言葉もぜんぶ信じたらよかった……」

ハヤトくんは「メイは本当に真面目だなあ」と吹き出した。そうして肩に回った手で私の頭を撫で、指先で髪を梳《と》かしてくれる。ハヤトくんの手は大きくてとても温かい。

「でもね、メイ？　仕事と俺を天秤にかけて、それでも好きって言ってくれたのは、俺を信じたいって思ったからでしょう？　あの時も今も、こうやって自分の言葉で伝えてくれたよね？」

私がおずおずとうなずくと、ハヤトくんは握った手を一度解いて、指を絡めてしっかりと密着するように手を繋ぎ直した。

「メイのそのまっすぐなところを好きになったんだ。だから、それだけで充分だよ。それでも奇跡みたいに嬉しいから」

ハヤトくんは穏やかな微笑みで私を包む。

私は自分からハヤトくんにすがり付いた。ハヤトくんの胸は温かく迎えてくれて、抱き止めてくれる腕はこの上なく力強かった。肩の力が抜けて安心しきったら止めどなく涙が溢れた。そして、ハヤトくんの白いTシャツを胸元がびしょびしょになるまで濡らしてしまった。

◆

「ごめんなさい、……っありがとう、うう、ハヤトく、う」

俺の腕のなかで嗚咽を漏らすメイの背中を撫でながら、昨日のことを思い出していた。

――二十時の少し前。タイミングよく撮影も終わり、テレビ局の楽屋にいた。これからケンジさんと食事をとって一緒にラジオの放送局へ行くところだったが、その前にするべきことがある。

インターネットの検索バーに『レンタル和装・花山』と入力して、表示された数字の羅列をタップした。

『お電話ありがとうございます、レンタル和装・花山です。』

閉店間際を狙ったのは店長と確実に話をしたかったからだ。想定どおり、応対したのは店長だった。

「――吉良ハヤトと申します。……店長さん、少々お時間よろしいですか」

『……ああ。吉良さんですか。いいですが手短にお願いしますね。ご存じかはわからないですが、忙しいもので』

一瞬だけムッとした間があったが無言で切られはしなかった。店長の声に険はあるが、前ほどの覇気は感じられない。彼も自分の決めたスケジュールに追い詰められているのかもしれない。

夜中にタクシーを飛ばして会いに行ったあの日。メイのやつれた姿に衝撃を受け、何とかしてあげなくてはと思った。けれどメイには余計なお世話だと手を払われて、俺の自己満足ではダメなのだと思い知ったのだ。

「では簡潔に。今日の深夜にラジオ出演します。そこで熱愛報道について話すので、よろしければ聞いてください。店長さんが無関係でないと思われれば、ですが」

『……はあ』

ふて腐れたような、不機嫌な相槌《あいづち》だった。ドラマの宣伝するために、前々から決まっていたケンジさんの番組への出演。そこで一計を案じた。とはいっても、恋人がいると公言するだけだが、店長にも俺は本気だとわかってもらいたかった。そしてもうひとつ。本題が残っている。

「それと。サイトのリニューアルに向けてお忙しいとは思いますが、部下の健康状態や勤務時間の量にもう少し目を配ってくださいませんか。体を壊したら、元も子も無いですから」

メイは自己判断できていなかったけれど、あの時、健康を損なう寸前だった。濃いクマ、張りの無い声、血色を欠いた肌。疲れと暑さと睡眠不足と。いつかタクが言っていたようにさっさと同棲すればよかったと後悔した。うちにおいで、という誘いを撥《は》ね付けられた今、俺の声が届かないのなら、メイを近くで見ている店長に力を貸してもらわなくてはいけない。本当なら上司としての監督責任を問いたいところだが、ここはお願いしなければいけないだろう。そう思って、ゆっくりと穏やかに伝えた。

すると、店長はぐっと言葉をつまらせて、苦々しい声を絞り出した。

『……そんなこと、俺が一番わかってる！』

プッと通話が切れた。感じた微かな無力感は店長のものか自分のものかわからない。けれど、電話をする前に身構えていたほど店長は嫌なやつじゃないかもしれないと安堵《あんど》のため息がでた。それから挑んだラジオ番組を、店長が聞いたのか確かめる術はないが、どんなひとことでも響いたらいい。

今回の一件については、もっと俺が先回りして対処できていたらメイを悩ませなかったかも、と思わなくもない。けれど、始まったばかりの二人だから、いつかぴたりと寄り添えるように、ゆっくりと折り合いをつけていけばいいとも思う。根気よくメイを懐柔していくことは全く苦にならないから。

メイの凛とした表情が崩れるのも、涙を見せてくれるのも俺の特権なんだと思えば、避けられていた寂しさも、すぐにくすぐったい思い出に変わるだろう。

俺の腕のなかで震えていた華奢な肩は、ようやく落ち着いたようだった。テーブル近くのボックスティッシュを引き抜いて、メイの目元に当ててやる。黒いまつげがしっとりと濡れていっそう可憐だった。

「メイ、落ち着いた？　キスしていい？　……触れるだけのやつだから」

メイの瞳が少しだけ警戒したように見えたから、触れるだけと強調した。

ソファで少しだけやり過ぎたのは、店長が適当なことを言って俺を煽ったからであって、決してメイをいじめたかったわけじゃない、と言おうか迷ったが、それも無粋だから飲み込んだ。そうしてやっと頷いたメイにそっと唇を重ねた。

メイの唇は柔らかくて、潤んで、泣いたばかりだからか少しだけ熱い。舌を入れて味わいたくなる衝動を飲み下して、約束どおりお行儀よく顔を離した。

「まだ明るいけど、仕事の合間に来てくれたの？」

「ううん、……今日はもう車を返しておしまい」

「え！　じゃあ、レンタカー屋さんに電話してよ。一日延長できますかって」

メイは泣いていた名残で俺のTシャツを握ったままこちらを見上げた。涙の残る目元は熱を孕み、紅潮した頬が色っぽい。ソファで可愛がったときの感覚がぶわりとよみがえり、下腹部がソワソワと落ち着かない。

「どうして？」

首をかしげるメイの無防備な表情の可愛らしいこと。それ、わざとやってるわけではないよね？

「どうしてって、今日はメイを帰したくないからだよ。明日はうちから仕事に行けばいいじゃない。明日の予定はどっち？　現場？　それともお店？」

「――――オフ」

「え？」

「だから、オフ。一日空いてる」

「メイ、電話貸して。今すぐ」

メイのスマートフォンを奪って、発信履歴からカーレンタルの店を割り出す。電話口のスタッフに延長希望を伝えて完了するまで一分とかからなかった。メイはその間、俺に腰を抱かれたまま小さく抵抗していたけど、逃がすわけがない。

メイのスマートフォンの電源を落として、テーブルに伏せた。

「メイ、明日の予定は？」

「えっ、あっ、ええと。……とりあえず、よく寝て、軽く散歩して」

「うん？　その後は？」

「……ハヤトくんに電話できたらなって」

「……ふうん、それはもういいよね。それで？」

「……それ、だけ。だって、えっと」

もごもごと口をつぐむメイを横目に、俺は自分のスマートフォンを取り出してマネージャーに電話をかけた。

「……あ、田崎さん？　今いい？　明日の俺のスケジュールって、いや、……そう、それ。一大事。……え、昼からでいいの。うん、ありがとう。恩に着るよ」
ピ、という通話を切った音と、メイが体をびくりとさせたのは、ほとんど同時だった。
「さて、メイ。マネージャーの田崎さんが力になってくれた。明日の午前はオフに変わったよ。……いつも真面目に頑張っていたらいいこともあるもんだね」

「……え、そう、……っあ！」

俺は半ば強引にメイを抱えて歩きだす。お姫様抱っこで階段を上ったあの嵐の夜よりも大きく胸が高鳴って、苦しいほどだった。メイは慌てたようにアタフタと表情を変えるけれど、どこか甘えたような、この後に起こることを期待しているような、そんな気がして。……もしかしたら全部、俺の妄想かもしれないけれど。

「メイ、明日の昼まで、ずっと俺のものでいて？」

そう伝えた時には、メイはもう、寝室のベッドの上だった。

◆

メイはもうベッドに下ろされているのに、まだ自分の運命を受け入れられないようだ。そのわりに逃げ出したりせずに、俺と目を合わせては逸らしてを繰り返して、可愛らしくまごまごとしている。そんなメイをほだすよう触れるだけのキスをしても、すぐに首を振って受け流されてしまう。けれど、唇を押し付ける度に湿った吐息が漏れるし、泣いた後の熱の残る表情ではそんなつれない態度さえも誘っているようにしか見えない。

「メイ。いっぱい可愛がりたいな。力抜いて？」

「……さっき、した」

「あれっぽっちじゃ全然足りないよ。メイが足りなくて死にそうなんだ」

「うそ、いつだって、余裕たっぷりじゃない……！」

「やせ我慢してるんだよ。メイにカッコ悪いって思われたくないから」

じりじりとベッドのヘッドボードに追い詰めて、好きだよと囁きながらシャツのボタンをはずしていく。お堅い雰囲気の仕事用の白いシャツと黒いパンツは、少しでも乱してしまえば、背徳的な色を帯びる。太陽の光と、ベッドと、仕事着と。これじゃあまるで、仕事中のメイを拐って私室に閉じ込めたみたいだ。

――初めて会った鎌倉での撮影の日も、メイはこんな服装だったな。

あの日の凛としたメイの姿と、顔を赤らめて困ったように眉を寄せる今のメイが重なって、ぶるりと体が震えた。

──やっと手に入れた俺のかわいい女の子。もう誰にも、何も言わせない。

堪らずヘッドボードに手をついて、腕のなかにメイを閉じ込めた。

シャツを剝いで現れた柔肌に触れて唇を当てる。メイ自身の香りなのか、甘い芳香が鼻をくすぐった。ブラジャーの肩紐が残る華奢な鎖骨の線を舌でなぞり、肩を食む。肘を指でくすぐって指先を口に含んだ。

メイはされるがままに身を委ねて、俺のすることを見ていた。指を丹念に舐っていたところへ視線が交差すると、メイは真っ赤になってうつむいた。

「うう、ハヤトくんの色気が……」

「目が合うと恥ずかしい？」

メイがうつむいたままうなずく。耳たぶが完熟したぐみの実ように真っ赤だ。

なんだか急に涙腺が刺激されて、唇を嚙んだ。

メイの視界には俺しかいない。やっとそれが叶《かな》ったのだ。カアッと体が熱くなったけれど、この分厚い面の皮のお陰でやっと体面を保っていられる。

「じゃあ、こっちを先に」

黒のスラックスを中途半端に引き下ろし、持ち上げて、内腿を舐め上げる。

「なに、え、なんで、そんなところ……」

メイにすれば突然の暴挙だったのか、戸惑いの声が足に向こうから聞こえてくる。

ソファでショーツに手を突っ込んでさんざん弄ったことを思い出す。クロッチの部分にじっとりと大きなシミが出来ていたからだ。これなら今から俺が汚したところでどうということもないだろう。

もたもたしていると恥ずかしがりやのメイが暴れだすかもしれない。ショーツで覆われたこんもりとした小さな丘にかぶりつき、遠慮なく吸い付いた。

「きゃ、あ、やあ、そんなとこ」

柔らかな太腿で両側から耳を圧迫されて何も聞こえない……という体で、小さな突起を舌でつつく。濡れたショーツがピタリと張り付くそこを丹念に舐め回すと、メイは足を震わせて高い声をあげた。

「あ、あ、ね、やだっ、あああ、あん」

快感に染まり鼻にかかった甘い声で鳴くメイ。顔が見えないのは至極残念だけれど、それでいい。このまま、ここがふやけるまでしゃぶったらどんな声を上げるのか。

布越しにちゅうっと吸い、舌先を尖らせて可愛らしい突起を小刻みに扱く。

振動に合わせて声を上げるメイの手が足の間から俺の頭を押して逃れようとするが、その手を繋いで固定する。快感を集めるその花芽を愛でる度に手の震えが伝わって、メイが上り詰めていく様子をダイレクトに感じる。これならもうすぐだ。

「や、あ、イく、やだぁっ、ああ！　ああああ‼」

敏感で、素直な反応のメイが可愛い。それでも、まだ声に理性の欠片が絡んでいる。もっと我を忘れてくれないだろうか。

「そんなすぐにイッちゃわないで、もっとじっくり味わって欲しいな」

余裕げにそう言ったものの、ショーツを引き抜く手間さえも惜しくてクロッチを強引にずらして直に口づける。充血して腫れている花芽を唇でちゅちゅと啄《ついば》んで舌先で転がすと腰が大きく浮き上がる。がくがくと太腿が揺れて、メイが絶頂への階段をまた登り始めたのを感じた。腰骨を摑んで引き寄せ、ずいぶんとぷっくりしたそこへ弱く歯を当てるとメイは体を波打たせた。

「きゃ、っあ！　あ――っ！」

太腿に腕を回して顔を密着させて深く吸い付く。

「やだ、やだ、あああ、そこばっかり、またイっちゃう、っやだ、ああ！　ああん！」

メイの声が乱れ、ずいぶんと俺の望みに近くなった。

――望み――それは、メイが俺のことしか考えられなくなること。仕事も、時間も、明日のことも忘れて、俺の与える快感に頭までどっぷりと浸かって、ただそれだけでいい。

結局俺は、おおよそ爽やかとはほど遠い男なんだ。メイをこの腕で守ろうと決めたのは本心だけれど、言い換えれば、二人の世界を誰にも邪魔されないように腕の中へ閉じ込めたかったのだ。

そのために使えるものはみんな使う。事務所や先輩の力はマスコミや一部の過激なファンを抑えるために、メイを狙う店長には社会的なアドバンテージを、メイには効くのならば俺の色気をたっぷりと。

「そうだね、そこばっかりは嫌だよね」

花芽を愛でる役目は指に譲って、しとどに濡れる赤い割れ目へ舌を押し込んだ。

内壁をぐるりとなぞると、ご褒美とでもいうように奥から蜜が溢れだす。

「ああ！　あぁん！　ちが、そこも、んん！」

反応のいいところを舌先でごしごし擦っては、口元を濡らす蜜を啜る。それを何度も繰り返していると、メイはもう甘く鳴くだけだった。拒否の言葉も戸惑いも達した衝撃でどこかへいってしまったようだ。ぐったりと横たわるメイからパンツも下着も取り去って、自分も服を脱ぐ。

「メイの味、自分で確かめる？」

蜜の残る唇と舌でメイの口をかきまぜた。唇を密着させながら枕元から避妊具を取り出して素早く装着した。

「ごめん、もう挿れるよ」

正面から繋がるとメイの中はぎゅうぎゅうと俺のモノを締めつけて熱烈に歓迎してくれた。膝立ちになって腰を軽く揺すりながらメイの白くてふわふわの胸を揉み柔らかさを堪能する。

絶景だった。

悩ましげに寄せる眉。とろんと潤む黒い瞳。頬も耳も肩もピンクに染まり、口から漏れる嬌声の合間にハチミツのような甘い声で「……ハヤトくぅん」と名を呼ばれる。

「可愛い、気持ちいいね」

ユサユサと揺らしながら固く立ち上がる乳首をつまむとメイは首を振る。ならばと、さっき反応のよかった奥を優しく抉ればメイは俺の腕を掴んで悶えた。

「……う、ハヤトく、ハヤ」

こんなにもぐずぐずに蕩けているのに、俺の名前を必死に呼んで悶える姿がたまらない。メイの足を広げて折り畳み、覆い被さって何度も突き上げる。嬌声を溢す赤い唇をキスで封じ込めてもっともっと揺する。

メイを乱れさせたい一心で腰を振るのに、気持ちよすぎてこっちがすぐにイきそうだった。

込み上げてくる射精感を逃そうと唇を離すと、メイはひときわ高く悲鳴をあげ、息も絶え絶えにポツポツと声を絞り出した。

「好きっ、好き、っハヤトくん、好きなの、あっハヤトくん――」

メイは快感に耐えながらも俺をまっすぐに見つめて、想いを伝えようと必死だ。

ああ、もう。そうだった。メイは俺を喜ばす天才で、煽り上手で。

メイを永遠に自分のものにしたい。

俺だけを見て俺だけに笑いかけてくれればいいのに。ずっと抱き締めて腕の中に仕舞い込むか、そうでなければ、メイの奥をノックするこの楔《くさび》で俺の存在を打ち付けることができればいいのに。

メイはそんな重い俺さえも受け入れてくれるんじゃないかと想像すれば、これ以上ないくらいに胸が熱くなった。

「メイ、っ好き、ずっと、俺の腕になかに、いて」

汗に混じって目尻を伝う滴をメイは気づかなければいいなと、少しだけ願った。

第十章　もう一度

岩ちゃんから電話があった。

――十月二十日と二十一日、シフト代わるから。な、な？

私の仕事でシフトと言えば『レンタル和装・花山』しかない。十月一日にオンラインサイトのリニューアルも無事に終わり、一段落着いたところだった。サイトのアクセス分析やラインナップの更新は、様子を見つつ来月から始めようかとシュンくんと相談したばかりだ。

確かに、十月二十日と二十一日は岩ちゃんの言う通り単なる店番のシフト、なのだが。

――詳しくは店長に聞いて。以上、よろしく！

岩ちゃんはそれ以上語らず、プツリと電話が切れた。一体何だったんだ？　私は訳がわからずスマートフォンを見つめた。何故、岩ちゃんが私の代わりに店番を……？

次の出勤日。岩ちゃんの言葉通りにシュンくんに尋ねると、シュンくんは気まずそうに頭を下げた。

「リニューアルの時期の話、本当は十月一日じゃなくてよかったんだ。いや、年末年始、成人式の需要を見込んで秋がいいとは思ってたよ？　早いに越したことはないって。でも、メイさんが体調を崩すまで根を詰めるくらいなら、数日でも一週間でもずらせばよかったなって反省した。ごめんなさい」

やりがいのある仕事を私に託してくれたのだから多少の無理くらいは、と言い掛けたら、シュンくんは上司としても男としても良くなかったよと、もう一度頭を下げた。

──男として？　と首をかしげると、シュンくんは眉をしかめて、言った。

「吉良さんにも、謝っといて」

「ハヤトくんに？　何を？」

シュンくんは曖昧に笑って「だから、メイさんに有給休暇をあげるよ」と作業に戻っていった。それがどうして岩ちゃんに繋がるのかはわからないままだった。

そんなわけで、有給のリフレッシュ休暇を手にした私はハヤトくんの車に揺られていた。果たせなかった花火のデートの代わりにハヤトくんと一泊二日で旅行へ行く事になったのだ。

秋晴れのドライブ日和、昼間から変装もせずに堂々と出掛けられるのは、やはりハヤトくんの交際宣言のお陰だ。

あの熱愛報道の一件で一段と知名度が上がったハヤトくんの効果なのか、ドラマの視聴率もなかなかだという。ハヤトくんは「主演のケンジさんがカッコいいから」だと謙遜するけれど。

「――ああ、岩ちゃんのそれ、お詫びだって」

運転中のハヤトくん相変わらずカッコいい。ハヤトくんととりとめの無い話をしながら移り行く車窓を楽しんでいた。

「お詫び？　何の？」

「前に、焼き肉を店長と二人で行ったでしょ。あの時は陥れてごめんって。お詫びに俺がオフの日にメイの連休を確保してやるから許してって言われたよ」

「……そういうこと」

そうだ、ハヤトくんとの交際をスクープされた頃にそんなこともあったなと今では懐かしい。

やっぱりあれは岩ちゃんが一枚噛んでいたのか。……あれ？　なんのためにだっけ？

「岩ちゃんは何のためそんなことしたんだろうね」と尋ねても、ハンドルを握るハヤトくんは困ったように笑うだけだった。そうだ、とシュンくんからの言づてを伝えると、笑みが少しだけ深くなる。なんだかよくわからないけれど、眉の下がったハヤトくんもカッコいいなと見惚れてしまう。

「そうそう、今日の晩ご飯は出前でいい？」

「もちろん、いいよ。ホテルじゃなくてコテージとかヴィラみたいな感じなの？」

「うーん、よく言えばそうかな」

旅行の行き先はハヤトくんが決め、私は何も聞かされていない。けれど、車窓を流れる紅葉でなんとなく見当がついた。ほら、赤と黄色の混じった木々が彩る山道をのぼれば、後は海に向かって下るだけだ。

「秋も、気持ちがいいね」

「ああ、撮影したのは五月だったなあ。」

ウィンドウを下げて車内に風を入れると、ハヤトくんの長い前髪がさらりとなびいた。

◆

たどり着いたのは、予想通り、カレンダー撮影で使ったあのかわいらしい古民家だった。裏に車を停めて、玄関へ回る。そよそよと揺れる木は相変わらず緑でも、風はさらりと心地いい。

ハヤトくんが黒い木戸にアンティーク雑貨のような鍵を入れて回すと、からからと戸が開いた。

「どうぞ」

ハヤトくんは郵便受けを覗き、それから玄関を開ける。こっちの鍵はピカピカと光り真新しい。

「悪いんだけど、軽く掃除したいから手伝ってくれる？」

「もちろん」

ハヤトくんは土間にあった箒を二本持って来ると、手慣れた様子で取りかかる。まずは大きな窓を全部開けて空気の入れ替えから。それからお座敷の襖を開き、箒で優しく掃いていく。

「このお宅、よく知ってるの？」

「うん、実は母方のばあちゃんの家なんだ。前から膝が悪くて、今は実家で親と同居してるけど、昔はここに住んでたんだ」

「え、知らなかった」

「だって、誰にも言ってないからね。監督にも俺が見つけてきたことになってるし、たまに撮影で使いたいって言われることもあるから。あの時は使用料もきちんとばあちゃんに支払ったよ」

お座敷の後は水道とガスのチェック、それから二階に上がってカーテンと窓を開け放ち、こちらも簡単に掃除をした。

「これでオッケー。せっかく泊まりに来たのにいきなり働かせてごめんね」

「ううん、もう一回ここへ来られたらなって思ってたから、嬉しい」

「うん、俺も」

窓辺に二人寄り添って庭を眺める。五月の頃と少しだけ代わった雰囲気は一体なんだろうと目を凝らしていると、風に乗った芳香が鼻をくすぐった。金木犀《きんもくせい》がお庭にあるのかな。そう聞こうと隣を見上げると、ハヤトくんが「金木犀が咲いてるね。見に行こうか」

と手を繋いだ。

庭へ下りて、金木犀の小さな花を愛でながら、ゆっくりと歩く。甘い芳香を胸一杯に吸い込んでやわらかな木漏れ日を浴びる。撮影の日にはかなわなかった贅沢な時間だ。あの日に出会ったハヤトくんとこうして並んでいることが心から嬉しい。

「ねえ、メイ。先月のラジオの一件。ちょっとだけネタばらししてもいい？」

金木犀の葉を指で遊ぶハヤトくんがなんだか少しだけ得意気にそう言うものだから、聞きたいと素直に頷いた。

「結局は何事もなかったし、大丈夫とは思ってたんだけど、万が一、仕事のオファーが一時的に減って生活に困った時のこともきちんと考えてあったんだ。実はね、副業を確保してあるんだ。だから最悪な状況になったとしても俳優を辞めないし、無収入にはならなかった」

「……副業？」

キッチンに立つハヤトくんのエプロン姿が目に浮かぶ。あのエプロン、とてもよく似合うんだよなあとぽうっとしてしまう。おしゃれなカフェ？　それとも大人の集まるバー？　それとも……？　接客業なら何でも似合いそうだし、きっとものすごく人気のスタッフになりそうだ。なにそれ、私も通いたい。……いやいや、そうなったのなら元凶は私だ。能天気にもほどがある。

ハヤトくんと手を繋ぎながらゆっくりと庭を横切って、開け放った広縁に腰掛けた。

ちょうどいい塩梅に日陰になって、風を感じながらお庭を眺めるのにうってつけだった。

「実は俺、薬剤師なんだよね。実務経験はないけど」

　自分の想像とはかけ離れた単語が飛び出て驚く。

「……薬剤師？」

「同期の友達が都内に店を持ってて。もしもの時は短期でも長期でも雇ってくれるって。最悪の場合は実家の調剤薬局を手伝うのもありだけどね」

　ハヤトくんが薬剤師だなんて。頑張って通ったと言っていた大学は薬科大だったのだ。ハヤトくんのすごさに胸がドキドキと高鳴る。芸能界の仕事を覚えながら薬剤師資格まで手に入れたなんて、ハヤトくんの努力は凄まじいとしか言いようがなかった。

「ハヤトくん、凄すぎない？　かっこよくて、優しくて、表現力もあって頭もいいの？文武両道？　さすがになんでも持ちすぎじゃない？」

「ふふ、でも、武は無いなあ。運動神経も筋肉も普通。ね、メイ、鍛えたらもっと好きになってくれる？」

　ハヤトくんは可愛く照れて、私の肩に頭を乗せた。

「ね、だからメイは安心して俺と一緒に居て」

　可愛いと思ったハヤトくんは、私を覗き込んで色気たっぷり微笑んだ。

　心臓が大きく音を鳴らして堪らず頰に口付けると、自然とお互いの顔が近づき、唇が触れる——かと思った瞬間、ハヤトくんははっとして背筋を伸ばした。

「そうだ！　ばあちゃんから、手紙を預かってたんだった」

「ハヤトくんの、おばあさんから？」

「そう。先週、ここの鍵を借りに実家に帰ったんだよ。そうしたら渡してほしいって頼まれたんだ」

ハヤトくんがお座敷にあがって持ってきたのは白い和紙の封筒。大きな牡丹の花が密やかに型押しされた美しいお手紙だった。

「タエさんからって言えばわかる？」

タエさん……？　タエさんと言えば一人しか思い浮かばない。

白髪交じりの姉御肌、私の着物の師匠で、今は引退されて……。

優しく糊付けされた封を開けて中身を取り出すと、封筒とお揃いの、牡丹柄の便箋がかさかさと音を立てた。

拝啓
木犀の甘い香りが鎌倉のおうちにもただよう頃ですね。オレンジ色のかわいらしいお花がお庭を彩っているところはもう見ましたか？
メイちゃん、お久しぶりね。
孫のハヤトからメイちゃんの名前が出たときにはびっくりしました。なんでも一緒にお仕事をしたとか。

私のたった一人の弟子とかわいい孫が知らずに出会っていたなんて、運命を感じずにはいられませんでしたよ。

ハヤトがこっそりとカレンダーの写真を一足先に見せてくれました。

着ている人を思いやる優しい着付けがメイちゃんらしくて嬉しくなりました。とってもお上手になったわね。

亡き夫と仲良く過ごした鎌倉のかわいらしいおうちで、二人がお仕事に勤しむ姿を私も見たかったです。

ハヤトとはいいお付き合いができていますか？

メイちゃんに私のアシスタントをお願いしていた頃、「いい年頃の孫がいるから、うちにお嫁に来たらいいのにねえ」なんて冗談めかして言ったことを覚えているかしら。あれはね、ハヤトのことだったのよ。

その二人が鎌倉のおうちで出会って、そして仲良くなって、恋人になったなんて望外の喜びです。

ぜひお正月に二人揃った姿を見せに来てください。

そして、皆で晴れ着を着て初詣に行きましょうね。

私も膝が悪いからなんて弱音を吐かず、お着物を着られるようにトレーニングをしておきます。

お仕事の大事な時期だとがんばるメイちゃんの姿が思い浮かびます。けれど、体も心も健やかに、根を詰めすぎないように。日常の喧騒から離れてゆっくり過ごすのも大切よ。

ハヤトに鎌倉のおうちの合鍵を渡しました。いつでも来て、のんびりとした時間を楽しんでくださいね。

タエ

北川メイさま

「タエさん、タエさんだ……」

文字や文面からあの張りのある声がよみがえる。最後に会ったのはいつだっただろうと思い返すと、四年くらい前、タエさんが都内のカルチャースクールで教えていた頃、臨時のアシスタントを頼まれた時だったと思う。手紙をもう一度読み返すとタエさんの声が頭のなかではっきりと響き、目頭が熱くなる。

「前に一度メイが、ほら、浴衣を着付けながら、タエさんがーって言ってたでしょう。あの時は確証がなくて言えなかったけど、着付け師でタエって？　まさかなって。実家に帰ったときに聞いてみたらそのまさかで、俺もびっくりしたよ」

タエさんが、ハヤトくんのおばあさんで？

それじゃあ、きっとハヤトくんに着物を最初に着せたのもきっとタエさんで。そして、私を着物の世界に引きいれてくれたのも、着付け師のタエさんで――？

あの撮影の日、ハヤトくんと話したことが脳内によみがえる。

——本当に些細な小さい欲を、師匠に上手に育ててもらって。そうしたら、いつの間にか仕事になってたんです。——そういうめぐり合わせってありませんか。

あの話をしていたのもここだった。庭を眺めながら半衿を付け替えて、この広縁に腰かけて。

秋風がびゅうと吹いて、鳥肌の立った私の腕を撫でていった。

——こんなことって、ある？　全部が、繋がった。

時間と、場所と、私とハヤトくんとタエさんだけじゃなくて、着物も、私たちを取り巻く周囲の人たちも、岩ちゃんが罹《かか》った季節外れのインフルエンザさえも。全てが巡りめぐって、私とハヤトくんをこうして温かく包んでいる。

「……これって、めぐり合わせ、だ」

「うん、俺もそう思う」

興奮で息が浅くなったことに気づいたハヤトくんが、私の背中を優しく撫でた。

「ね、メイ。今度二人で一緒にばあちゃんに会いに行ける？」

「……うん。うん。晴れ着を、着て行かなくちゃね」

その時を思い浮かべただけで、もう堪らなく嬉しかった。

「でもさ、ばあちゃんが住んでるのは俺の実家だから、親にも紹介することになっちゃうけど、いい？」

ハヤトくんは遠慮気味に肩を寄せた。手紙を広げている手にハヤトくんの大きな手が添えられる。ほんのわずかに手のひらが湿っているのは、もしかしたら緊張しているのかもしれない。

私は迷わずその手を取って、自分の頬に押し当てた。

「……うん。お願いします。じゃあ、その帰りに私の実家にも寄ったりする？」

「——えっ、いいの⁉　メイのご両親に紹介してくれるの？」

「うん。ハヤトくんが迷惑じゃなければそうしたいな」

こんなカッコいい彼氏に大切にしてもらっていると知ったら両親はどんな顔をするんだろう。もしかしたら柳瀬タク派のマイも、ハヤトくんのファンになってしまうかもしれない。そんな風に家族の様子を想像してひとりで笑っているとハヤトくんはおもむろに立ち上がって、私の足元に跪《ひざまず》いた。

「ねえ、メイ。メイは着物とずっと一緒に生きていくんでしょう？　俺もその仲間に入れてほしい。一生、側に居させて。ピンチのときは頼って欲しいし、疲れたときは癒してあげたい。俺、着物より優しく包んであげられるよ」

想いを伝えるにふさわしい体勢で、ハヤトくんは私を見上げた。ハヤトくんの声は少しだけ震え、きれいに整った目元が赤く染まっている。ハヤトくんはどんな台詞だって艶やかな雰囲気を纏って言えるのに、今捧《ささ》げられた言葉はただただひたむきな想いに溢れていた。

「い……一生……？」

「ああ——、早かった！　まだ付き合って三か月なのは知ってるから！　だから、正式には、また、しかるべきときに、ふさわしい場所で、メイの気持ちの段階を踏まえて、するから。まずは、意思表明だけ。そういう気持ちで、真面目にお付き合いしてるってメイのご両親に挨拶してもいい？」

ハヤトくんは私の手を握って、左手の薬指どうしを絡めて、ぎゅうと力を込めた。

「……うん、うん。」

その絡んだ指でハヤトくんをひっぱって、ハヤトくんを胸に迎え入れて抱きつく。

「ハヤトくん大好き。ずっと、ずうっと一緒だよ」

ハヤトくんの胸にすっぽりと収まって、その温かさ堪能する。ハヤトくんも私の肩に頬を寄せて密着すると、私の耳へ甘い声を吹き込んだ。

「挨拶のついでに、同棲したいですって、その許可ももらっちゃおうかな」

「——え！　あの、ええっと」

実は、同棲しようと誘われるのは初めてではない。けれどいつだって、仕事がもう少し軌道に乗ったらね、と躱《かわ》していた。でもそれっていつなんだろう、と消化できない疑問が頭の隅にずっと居座っていたのも事実だ。

——今日を境に腹をくくるのもいいかもしれない。

自分はまだまだだと卑屈になるよりも、ハヤトくんを笑わせたり、抱き合ったり、安心させてあげることをしたい。それはきっと私こそができることだと思うから。

「……そうだね、前向きに考えてみようかな」

夕暮れに染まる庭木がそよそよと揺れる。その風に紛れてしまいそうな私の言葉をハヤトくんはきれいに掬《すく》いとって、見たことがないくらいに華やかに笑った。

ああ、私はハヤトくんの笑顔が大好きだ。

明日も明後日も、ずっと毎日、こんな顔にしてあげられたらなと願って、ハヤトくんと唇を重ねた。

番外編

十二月十日。澄み渡る青空のもと、岩ちゃんとマイの結婚式が執り行われようとしていた。

緑に囲まれた由緒ある神社。大きな鳥居から境内へ続く参道を、花嫁行列を成してゆっくりと進んでいく。遠くから聞こえる太鼓の音や、玉砂利を踏む軽快な音。それらは周囲から起こった拍手によってかき消された。一般の参拝客や海外の観光客からの温かい眼差しは、先頭の花婿花嫁だけでなく後列に並ぶ私たち親族にも向けられている。見ず知らずの人たちにこんなに優しい表情で見送られたことって、あっただろうか。

「こんなに祝福して貰えて、なんだかくすぐったいね」

小さく振り返ると最後尾を守るハヤトくんが、そうだねとくすくす笑った。

花嫁行列へ並ぶのは、岩田家、北川家ともに親族のみだ。そこへハヤトくんが参列しているのには、ちょっとした訳があった。

事の発端は、マイからの電話だった。

『お姉ちゃん、実家で結婚式の打ち合わせをするから参加してくれる?』

岩ちゃんとマイの結婚式まで二週間と迫る十一月の最終週のことだ。家族関係の用事ならメッセージを使うのにどうしたのかと尋ねると『ねえ、お姉ちゃん。せっかくみんなが集まるし、家族揃ってご飯を食べようよ。だから絶対に参加して！』とマイが嬉しそうな声で笑う。そういえば年始に帰って以来だったなと両親の顔を思い浮かべ、ふたつ返事で承諾した。

当日、アパートの前で迎えを待っていると、岩ちゃんの愛車、ブルーのコンパクトカーが現れた。助手席にはマイ。運転手は岩ちゃんだ。――そっか、結婚式打ち合わせだから岩ちゃんも家族だね、とひとり頷き、後部座席へ乗り込む。……と、そこには先客がいた。私の恋人、ハヤトくんだ。

「あれ、メイ?」

紺のシャツにグレーのジャケット姿のハヤトくんは目を見張るほどに格好よかった。前髪を上げて後ろに流し、シャツは第一ボタンまできっちりと閉じて、どことなくフォーマルな雰囲気だ。そんな姿でコーヒーショップの紙カップを傾けている様がとてつもなく色っぽい。できるオトナの休憩時間を覗き見てしまったようなドキドキ感。もしもこれが雑誌の一ページなら、「あの紙カップになりたーい！」と叫ぶファンがたくさん現れそうだ。

あまりの眩さに見惚れていると、ハヤトくんは座席へ着くように私を促して、代わりにシートベルトを締めてくれた。綺麗な顔が目の前を横切って頬が熱くなる。直視できないまま小さくお礼を言うと、ハヤトくんはふふふ、と色気たっぷりに笑った。付き合って四か月、それに三日前に会ったばかりなのに、ハヤトくんの色気に慣れることは全くない。本当に鼻血が出そう。

「……あの、ハヤトくん？　今日はどうしたの？　カッコよすぎるんだけど」

「ああ、岩ちゃんから飯に行こうって誘われてて。行き先はいいトコロだから身だしなみを整えて来いよって言われてこんな服装なんだ。褒めてもらえてうれしいな。……ところでメイは？」

「私？　私は結婚式の打ち合わせに呼ばれて、これから実家に」

私がそう説明すると「――へえ、打ち合わせなんだ。そうか。結婚式はもうすぐだもんなあ」とハヤトくんはうなずいて「――実家？」と目を大きく見開いた。

「えっ、おい、岩ちゃん。俺たちは食事に行くんだろう？」

「ねえ、マイ。私たちは実家で打ち合わせだよね？」

私とハヤトくんの声が重なる。

岩ちゃんと食事に行く予定だったハヤトくん。結婚式の打ち合わせだと呼び出された私。どうして同じ車に乗っているのかわからない。

「ハヤトとメイちゃんを乗せたこの車は、北川家に向いまーす！」

「いえーい！　出発進行！」

前方の座席の岩ちゃんとマイは、この上なくご機嫌だ。

「どういうこと？」

事態が飲み込めていない私とハヤトくんの声がぴったりと重なった。カチカチとウィンカーの音が響き、発車と同時にマイが振り向く。

「お姉ちゃん、リュウくんから聞いたよ！　カッコいい彼氏が出来てよかったね！　それに同棲の約束したんだって？　おめでとう！」

「ありがとう……？」

先日、『レンタル和装・花山』のシフトを代わってくれ、私にリフレッシュ休暇をくれた岩ちゃんには「近いうちに同棲するかも」と簡単に報告をした。けれど、妹のマイには何も言っていなかった。だって自分の恋愛事情を妹に報告するなんて恥ずかしい。それに、きっと岩ちゃんが黙っているはずがないから、マイには又聞きくらいの距離感がちょうどいいと思っていた。

――が、助手席から身を乗りだすマイは朝からテンションが高い。ミーハーなマイなら「あの吉良ハヤトと付き合ってるなんてどうして黙ってたの？」とぷりぷりしていてもおかしくないのに。

なんだか不思議な空気だなと背筋がそわそわする。横目で右の座席をうかがうと、ハヤトくんも何がなんだかという顔だ。いったい何のために実家へ向かっているのか聞かねばならない。――と決意を固めた瞬間、信号待ちのタイミングで岩ちゃんが振り返った。

「ねえねえねえ！　俺さ！　夢が叶うの待ちきれなくて！　同棲するんなら、もういいだろう？」

「……何が？」

岩ちゃんのおかしなテンションに私とハヤトくんの完璧なユニゾンが決まってしまう。それを聞いたマイがまた振り返り「息がぴったりだね！」と声を上げて笑った。

「俺の夢は、マイとハヤトとメイちゃんと四人でワイワイすることなんだ！　ハヤト、これからお義父さんとお義母さんに挨拶を済ませて家族公認の仲になろうぜ！　身内だよ、身内！　今日から俺たちは身内だ！」

「はあ――――？」

今度はユニゾンにならず、視線をやるとハヤトくんは気まずそうな顔をして目を泳がせた。

「――え、ハヤトくん、もしかして知ってた？」

「いや、知らなかった！　知らなかったよ？　……でも、メイと年始にお互いの実家に行くって約束したでしょう？　だけど、それより先に岩ちゃんの結婚式でメイのご両親にお会いするよなあって、そのときにちらっとでいいから挨拶したいなあって、岩ちゃんにポロっと言ったかも……」

「そうなの、そうなの！　だったら結婚式前の家族会議に吉良さんを呼んだらいいよねってリュウくんと話してたんだ。私も吉良さんと仲良くなれたら嬉しいし。あ、吉良さん、カッコいいですね！　前からファンでした！」

「あ、ありがとうございます……」

マイの調子のよさに「あれ、マイって柳瀬タク派じゃなかったっけ」とこぼすと「お姉ちゃんは黙ってコーヒーでも飲んでて」とコーヒーショップの紙カップを手渡される。カフェラテはまだ熱々だ。それを両手で包んで啜りながら、ハヤトくんをこっそりと盗み見た。確かに、年明けに両親に紹介をとは思ったけれど、何の心の準備もなくサプライズで実家に帰ることになるなんて、ハヤトくんもさぞ困惑しているに決まっている。

「ああ、こんなことなら――」

ハヤトくんが悔やむような声を絞り出した。「こんなことならネクタイを締めてくればよかったよ」と嘆いたので、私は危うくコーヒーを吹き出すところだった。

「あ、吉良さん！　父と母には週刊誌の記事を見せて、ラジオも聞かせて根回し済みだから安心してくださいね！　特にあのラジオはネクタイ以上の効果を発揮していますから!!北川家はウェルカムムード最高潮です！」

「それはありがたいような、恥ずかしいような」

「なに言ってんだ、俺なんてオッサンだったし、結婚の挨拶に行くのにどれだけ勇気が要ったことか」

マイと岩ちゃんの言葉通り、ハヤトくんは北川家で大歓待を受けて、あっという間に馴染むことになる。そして調子に乗った岩ちゃんが「ハヤトはもう北川家親族席でいいんじゃない？」と言い出し結婚式の席次が急遽変更されることになった。ハヤトくんの席は新郎友人席にから新婦家族席へ移ったのだ。

そんなこんなで迎えた十二月十日だった。

冬とは思えないような暖かな日曜日、両家の親族に見守られながらマイと岩ちゃんの結婚式は滞りなく行われた。

拝殿を出て記念の集合写真を撮ると、その後に控えるのは華やかな披露宴だ。会場の迎賓館へは、お社の森の中を数百メートルほど歩く。私たち親族が移動している間に、友人や仕事関係の招待客はウェルカムドリンクのサービスを楽しんでいるだろう。「緊張で喉が渇いた」と言っていた両親も先に行って寛いでいるかもしれない。

「岩ちゃんに感謝しなきゃなあ」

「え？　岩ちゃんに？　何を？」

池の中にたたずむ一羽の鷺《さぎ》を眺めながら、木漏れ日の中をふたりでゆっくりと歩く。

光沢のあるグレーの礼服が細かくきらめいて今日のハヤトくんも眩しい。

「北川家の親族（仮）として結婚式に参列できたことだよ」

「……その節はなんかごめんね」

岩ちゃんとマイの暴走を止められず、こんな事態になって居心地が悪くないかと心配していたのだ。

「ううん、結婚式に参列できるのは親族だけだったでしょう？　岩ちゃんの友達枠だったら披露宴からの参加になっただろうから……。あんな厳かで真摯な表情の岩ちゃんを見られてちょっと嬉しかったよ」

「ふふ、見たことがない顔してたね」

拝殿で宣誓の言葉を述べる岩ちゃんは声が掠れていたし、玉串を奉納する岩ちゃんの手は私の席からでもわかるほどに震えていた。いつも岩ちゃんなら照れ笑いのひとつも浮かべるところだけれど、伸びたたままの背筋が未来を見つめているように見えて、胸がじいんと痺れた。

ハヤトくんと視線をあわせてクスクスと笑い合うと、鷺が羽音を立てて池を飛び立った。木々の隙間から空へと上手に飛んでいく軌道を眺めていると、ふと砂利を踏む音がやんだ。振り返ると、ハヤトくんが三歩後ろで私のことをじっと見つめていた。

「でも、それだけじゃなくて……挙式の間、ずっとメイの横にいられたことに感謝してた」

ハヤトくんの優美な眉が少しだけ下がって、柔らかな表情に変わる。

「メイ、綺麗だよ。息を飲むほどに美しいってこういうことなんだって、式の間中ずっとドキドキしてた。岩ちゃんとマイさんには悪いけど、メイが一番輝いてるよ」

ハヤトくんがあまりにまっすぐ褒めるから「ＪＩＮＹＡの振り袖のおかげかな？　いいお色でしょ？」と『レンタル和装・花山』の衣装のせいにしておどける。そんなことにも動じずに、ハヤトくんは熱っぽい眼差しでゆっくりと私に語りかけた。

「俺、さっきからずっと考えてた。――もしも五月に岩ちゃんがインフルエンザになっていなくても、きっと今日、ここでメイと出会えたと思う。親友の結婚披露宴で、新婦の家族席にいる背筋の伸びた着物美人を見つけて。あの子と仲良くなりたいって岩ちゃんに頼み込んで、メイに会わせてもらったと思う。だから俺たちが出会うっていう運命はきっと変わらない」

「うん……」

ハヤトくんの眼差しが熱くて、もう茶化すこともできずにあいづちを打つので精一杯だった。

「けど、岩ちゃんとマイさんの新たな門出を、こうしてメイの恋人として見られたっていうことが、本当に幸せなことだと思った。岩ちゃんだけじゃなくて、親族の席に温かく受け入れてくれたメイの家族にも感謝してる。——いつかあの場に、メイとふたりで並びたいなって決意を新たにしたんだ」

親族席から見つめていた、岩ちゃんとマイの晴れ姿を思い出す。足元の段差を気遣い合うふたり、指輪の交換にまごついて笑い合うふたり、杯に口をつけるお互いを見つめるふたり。華やかな婚礼衣装を纏っていても、ふたりが手を取り合って生きていく日常を、自然と頭のなかに描くことができた。

いつか、あそこに私とふたりで……？

芯のあるハヤト君の声に胸がしびれた。けれど、私たちにはまだ——と、私の卑屈な部分がすぐに顔を出す。だからと言って、ハヤトくんの言葉を「気が早いんじゃない？」と躱すことはしたくないと思った。駆け出しのスタイリストが独り立ちするのを夢見るように、付き合って四か月の私たちが共にあゆむ未来を夢見てもいいはずだ。今日みたいな嬉しい日も、逆にすれ違う日もあるかもしれない。それでもふたりで晴れ着を着てあそこへ立つ夢を、私も見たいと心から思った。

「――きっとそこには、私たちの大切な人がみんないるんだろうね」

拝殿の真ん中で寄り添う私たち。そして私たちを見守ってくれる家族。タエさんはどんな顔で喜んでくれるだろう。その日を思い描いただけで胸がこんなに熱い。

「――実現、させたいね」

小さくこぼした言葉をハヤトくんが綺麗に掬い上げてくれる。

「うん。きっとできるって俺は信じてる」

「――私も信じる。きっとそうなるように」

三歩戻ってハヤトくんの横に並ぶ。どちらからともなく手を繋いで見上げると、ハヤトくんの視線の先に白く輝く迎賓館が見えていた。

「ハヤトくん、行こっか。みんなが待ってるかもしれないよ」

生い茂る木々がさわさわと揺れて、遠くに聞こえる拍手のようだと思った。

ハヤトくんの手を引いて一歩踏み出し、玉砂利を踏む音をなんとなく合わせながら、私たちは歩み始めた。

あとがき

本作を手に取ってくださりありがとうございます。お初にお目にかかります。うみのくらげです。

本作は、第十六回らぶドロップス恋愛小説コンテストで最優秀賞をいただき、書籍化の運びとなりました。奇跡のような出来事がわが身に起こり、舞い上がるような気持ちです。この場をお借りして、読んでくださった方、応援してくださった方、関係者のみなさまにお礼申し上げます。ありがとうございました。

さて、本作中で、着物好きのヒロインの北川メイが「市民講座の着付け教室で着物と出会って」と話すシーンがありますが、これは私の経験がもとになっています。夏祭りに浴衣を着せてもらっていた子どもの頃。大人になったら和服を着る技術が勝手に身に付くのだと漠然と思っていましたが、そんな都合のよい話はなく。そのまま社会人になり、なんとなく眺めていた市の広報で着物講座を見つけて迷わず飛び込みました。大人になりきれていないような淡い焦燥を、着付けを身につけて静めようと考えたわけです。

その講座は市が主催の生涯学習講座のひとつで、計八回で修了というあっさりとしたものでした。けれど、さすが市民講座。五百円という破格の受講費でも先生はプロの方。持参した母のお下がりできちんと履修することができ、本当にありがたかったです。唯一悔やまれるのは、せっかく教えてもらった、半幅帯で薔薇を作る結び方を思い出せないこと。浴衣用の薄い帯で結ぶと可愛かったのにと今でもインターネットで検索したりします。

受講後、着付けを覚えたと友人に話すと「実は私も着るよ」と着物愛好家の集まりに混ぜてもらえたり、別の友人から、花火デートに着ていきたいから浴衣を着付けてほしいと頼まれたりと、新しい扉がばかーんと開いた気分でした。大人への階段を上ることができたのかと問われるとよくわかりませんが、楽しみが増えたことに間違いはありません。

第十六回らぶドロップス恋愛小説コンテストのテーマは「忘れられない出会い」でした。私自身のふたつの経験（着物の世界を覗いてみたこと、そして四年前に小説を書き始めたこと）が「出会い」このような作品になりました。また、大好きなすみ先生がイラストをつけてくださるという最優秀賞特権がどうしても欲しくて、慣れない公募の世界へ飛びこんだことも、新しい「出会い」だったのだと思います。

ちょっとした小さな冒険が重なって、こうして本を出すというまさに人生を変えるような出来事へと繋がっていくわけですが、歳を重ねても新しい「出会い」を怖がらず、いつまでもバージョンアップしていけたらと、今日もポチポチと執筆しております。

また別の作品でもみなさんとお会いできましたらとてもうれしいです。

うみのくらげ

★著者・イラストレーターへのファンレターやプレゼントにつきまして★
著者・イラストレーターへのファンレターやプレゼントは、下記の住所にお送りください。いただいたお手紙やプレゼントは、できるだけ早く著作者にお送りしておりますが、状況によって時間が掛かる場合があります。生ものや賞味期限の短い食べ物をご送付いただきますと著者様にお届けできない場合がございますので、何卒ご理解ください。
送り先
〒160-0022 東京都新宿区新宿 1-36-2 新宿第七葉山ビル 3F
（株）パブリッシングリンク 蜜夢文庫 編集部
○○（著者・イラストレーターのお名前）様

美貌の俳優は人生を賭けて愛したい
セクシーな彼の誠実すぎる求愛

２０２５年1月１７日 初版第一刷発行

著……うみのくらげ
画……すみ
編集……株式会社パブリッシングリンク
ブックデザイン……しおざわりな（ムシカゴグラフィクス）
本文ＤＴＰ……ＩＤＲ

発行……株式会社竹書房
〒 102-0075 東京都千代田区三番町８－１
三番町東急ビル６Ｆ
email：info@takeshobo.co.jp
https://www.takeshobo.co.jp
印刷・製本……中央精版印刷株式会社